À Héloïse Rocca,

Trois jours

pour faire battre votre cœur,

Muriel Andurand

Trois jours

roman

PLON

www.plon.fr

92, avenue de France
75013 Paris
Tél. : 01 44 16 09 00
Fax : 01 44 16 09 01
www.plon.fr
www.lisez.com

Mise en pages : PCA
Dépôt légal : avril 2023
ISBN : 978-2-259-31551-7

À toutes les personnes qui m'ont soutenue
et qui ont cru en moi, et surtout aux hommes de ma vie,
Aaron, Noah, Pierre, Philippe et Claude,
à qui je dois tout.

Pensée tendre pour ma petite maman
qui vit dans les étoiles.

1

Dès les premières turbulences, l'inquiétude gagna tous les passagers. Nous aurions aimé quelques mots rassurants du commandant de bord, ou le regard bienveillant d'une hôtesse, mais elles s'étaient toutes réfugiées à l'avant, rideaux tirés.

Soudain livrés à nous-mêmes, dans cet avion pris de violentes secousses, nous cherchions alors à nous réconforter dans le regard de nos camarades d'infortune. Des enfants pleuraient et je ne percevais autour de moi que des visages apeurés. Ceux qui, au début, avaient fait mine de lire ou de travailler sur leurs écrans furent vite saisis par la panique générale. Lorsque les masques à oxygène tombèrent devant nous, bringuebalants au bout de leur fil, je retins paradoxalement ma respiration.

Je n'avais pourtant pas prévu de mourir ainsi ; nous serions malmenés pendant de longues minutes puis écrasés au sol après une descente vertigineuse qui nous plaquerait à notre siège, impuissants dans la chute, désespérés par l'injustice du hasard. Animés par le même sentiment d'humilité face au destin, nous savions instinctivement qu'il n'y aurait pas de traitement de faveur, et que l'issue serait inéluctable.

Comme si la promesse d'une mort annoncée permettait de capter chacune des secondes qui s'écoulait, je remarquais les moindres détails du désordre qui s'orchestrait tout autour ; le café renversé sur le passager devant moi, la grimace de l'enfant et les larmes qui perlaient sur le visage de sa mère, la force de l'étreinte du jeune couple assis de l'autre côté du couloir.

Les turbulences de la fin d'un amour pouvaient également nous projeter dans un autre monde, différent et inquiétant, dans lequel l'air pouvait manquer lorsque l'autre s'éloignait, ne prenait plus notre main tendue, ignorait un sourire ou ne nous désirait plus.

Il est souvent plus facile de détruire que de construire ; il faut des semaines pour fabriquer un Boeing, mais quelques secondes pour le pulvériser au sol, des années pour consolider un mariage et trois jours pour l'anéantir. Et pourtant, aucune perturbation amoureuse ne m'avait laissée présager que je serais la seule victime du crash sentimental de mon mariage, malgré la distance qui commençait à s'installer et la récurrence des disputes dérisoires. Mon mari ne cherchait plus la réconciliation après ces épisodes et se couchait fâché, me laissant méditer sur la responsabilité d'une plaquette de beurre mal rangée dans un divorce alors entamé. Je m'étais confortée dans l'idée qu'il traversait sûrement sa version de la crise de la quarantaine. Certains signes ne trompaient pas, comme l'envie d'une Harley Davidson ou les heures à se coiffer afin que l'on ne devine pas son début de calvitie.

Mais à aucun moment je n'avais remarqué les petits détails qui faisaient de moi le témoin peu fiable d'une scène de débâcle au dénouement encore flou, comme la main assurée de Richard ajustant l'attache d'une brassière au creux de la nuque d'une cliente de sa salle de sport. Cette même main qui avait refusé la mienne un vendredi de septembre, le soir de mon anniversaire.

La table était belle, les plats colorés, les verres remplis de bulles et les convives hilares. J'avais glissé ma main sur la cuisse de mon mari mais sa main n'avait pas étreint la mienne en retour. Mon cœur avait alors fait une petite pause. Tandis qu'il continuait la conversation en faisant fi de cette marque d'affection coutumière, je retirai ma main. Ce détail anodin fut le premier signe tangible de la faillite de notre couple, comme on arme son pistolet ; une action en apparence indolore mais aux répercussions dévastatrices. Cela m'avait bien plus affectée que le fait qu'il ait relégué des amis de longue date au rang de « gens avec qui on s'ennuyait », l'air désabusé, en fin de soirée. Je réalisais à présent qu'à ce stade de notre mariage, tout aurait été prétexte à ennui et rejet. Sa remarque ne devait pas être prise à la légère. S'il avait été transcendé par un courage insolent ce soir-là, c'est parce qu'il savait qu'une autre l'attendait.

Le lendemain de mon anniversaire, Richard m'avait annoncé à demi-mot qu'il me quittait. J'avais sûrement eu ma part de responsabilité dans la mise à mort de notre amour en proposant d'« abattre la bête qui gisait déjà au sol », mais je ne saurai jamais si je lui ai ainsi donné le feu vert pour partir, ou si sans cet encouragement, il aurait continué à jongler entre deux femmes.

J'avais essayé tant bien que mal de le comprendre et de dédramatiser la situation, abordant la possibilité d'un divorce comme on discute de la couleur d'un futur canapé. J'avais même ouvert notre dernière bouteille de vin afin de rendre cette ultime discussion moins pénible. Plus il s'était enivré, plus j'étais devenue lucide. L'aura qu'il dégageait se dissipait peu à peu. Alors qu'il fuyait mon regard, je le fixais, sans cligner des yeux, cherchant des réponses sur son visage qui semblait se fermer définitivement. Je ne percevais plus le bel homme aux mains fortes et assurées, aux yeux pétillants et au rire facile. Je remarquais alors un homme torturé, indécis et fragile. Je m'étais assise sur ses genoux et avais posé sa tête contre mon cœur, comme un enfant, caressant ses cheveux et le respirant. Alors que notre histoire s'achevait, ma souffrance, elle, n'avait pas encore commencé car mon amour pour lui m'avait toujours fait passer au deuxième plan. Je pensais à sa peine, pas à la mienne. Avant lui, j'avais toujours eu peur de m'engager avec un homme pour la vie. Chaque rupture était gage d'une liberté assumée et de nouvelles conquêtes. Le mariage était, à mon sens, le deuil de l'amour au pluriel.

Ce soir-là, Richard était subitement devenu un étranger dans la maison familiale. Tout était à sa place, sauf lui. Son mal-être était omniprésent. J'avais eu hâte qu'il s'en aille, que l'air devienne enfin respirable, comme ces invités que l'on est content de voir partir après une soirée festive pour retrouver l'ordre habituel des choses. La tête posée contre moi, il avait commencé à sangloter et dire qu'il ne me méritait pas. Tout à coup, dans une colère contradictoire et soudaine, il m'avait repoussée, s'était levé, avait cherché ses clefs de voiture de manière désordonnée dans le petit tiroir de la commode de l'entrée. Inquiète de ce qu'il planifiait, j'avais essayé de le retenir et appelé son frère pour qu'il le raisonne.

Une fois couchés, nous étions comme deux inconnus, chacun de son côté, la gorge nouée et les yeux fixés sur le plafond. Puis il s'était rapproché de moi et avait commencé à me caresser et à m'embrasser. Ce moment d'intimité m'avait semblé en décalage avec la situation. Quand il me pénétra en me refusant ses lèvres, des larmes coulèrent sur mes joues en silence pour se transformer ensuite en spasmes incontrôlables.

Il partit ce dimanche de septembre. Avec des doigts hésitants, j'avais envoyé un texto à ma voisine que je connaissais peu.

« Richard m'a quittée, je ne peux pas amener les enfants à l'école demain avant mes cours. Pourrais-tu me rendre ce service ? »

Je me souvins de l'immédiateté de sa réponse et de l'intensité de mon sentiment de honte. Ma voisine avait compris que quelque chose avait basculé de l'autre côté de la haie et avait répondu présente. La solidarité féminine s'était alors activée.

L'univers déclenchait-il une sorte de système d'urgence, comme on touche le chômage en cas de perte d'emploi, le fonds de solidarité, les allocations familiales, le RSA ? Car clairement, quand ma petite armée de copines s'était mise en marche pour me soutenir, j'eus l'impression d'avoir été placée sous tutelle en attendant de pouvoir refonctionner seule. Il y avait la copine qui gardait mes enfants avant l'école et celle qui les gardait après. Parfois c'était la même. Celle qui passait ou appelait plus que d'habitude et celle qui m'invitait avec les enfants tous les vendredis soir afin que la transition semaine-week-end dans la maison familiale ne me percute de plein fouet.

Cependant, il existait une grande différence entre imaginer vivre sans l'autre et la séparation réelle, palpable qui laissait exsangue. La vie sans Richard était comme le tableau de la Joconde sans la Joconde ; il n'en restait finalement qu'un cadre ridiculement petit.

Plantée là devant mes élèves, alors que pour eux, c'était un lundi comme les autres, il s'agissait pour moi du premier jour de la fin de mon plus grand amour.

2

Il paraît que l'on meurt comme on a vécu. Pourtant, si l'on prend l'exemple du champion de Formule 1, Schumacher, peut-on accepter qu'il finisse ses jours dans un état végétatif suite à un accident de ski banal, lui dont le métier était de quotidiennement risquer sa vie à 250 km/h ? Était-ce son destin ? S'il avait plutôt choisi de faire ses courses alimentaires, aurait-il glissé sur une tomate trop mûre et cogné sa tête sur l'étagère des condiments ? En le maintenant dans cet état, sa famille refusait de dire adieu à l'amour et à la vie en s'y accrochant coûte que coûte.

Si la mort est notre seule certitude, le scénario de fin quant à lui n'est pas toujours celui que l'on imagine. Seuls les courageux et les têtes brûlées acceptent de flirter avec cette issue fatidique. En appuyant sur le bouton, Claire avait décidé de son destin avec beaucoup de dignité et de bravoure. En roulant au volant de son bolide, Schumacher avait lui aussi à sa manière accepté de provoquer le destin, mais à aucun moment Claire n'avait pensé pourrir de l'intérieur, elle qui avait toujours veillé à briller de l'extérieur. À aucun moment Michael n'avait imaginé s'enfoncer le crâne lors d'une balade à ski avec son fils. Claire avait été consciente de sa mort et Michael, inconscient de sa vie.

J'essayais de réfléchir tant bien que mal à ce que j'avais pu faire qui méritait cette fin. Il n'y avait pas de kamikaze zélé à bord qui souhaitait anéantir tout le monde au nom d'un dieu ou d'une cause que lui seul comprenait, le pilote n'avait pas quitté son poste, laissant seul le copilote aux commandes avec ses pulsions suicidaires et qui finirait par briser la vie des autres pour donner un sens à la sienne.

Il y avait une chance sur douze millions pour qu'un avion s'écrase, soixante-douze fois plus de chance d'avoir un accident de voiture, mille fois plus de chance de mourir d'une piqûre de moustique et autant de chance de gagner le jackpot au Loto, et pourtant, ce jour-là, mon vol Paris-Montpellier s'inscrivait parmi ces probabilités. Disparaître dans un accident d'avion signifiait ironiquement que je bénéficiais d'une chance inouïe, même si à choisir, j'aurais préféré gagner au Loto.

Je n'acceptais pas de mourir à cause d'une défaillance technique quelconque ou parce que deux oiseaux avaient terminé leur course en bouillie dans un réacteur. Je voulais qu'on soit abattus par un missile russe ou aspirés dans une autre dimension par la dernière invention d'Elon Musk. Ma vie avait été simple et banale, j'aurais dû m'éteindre dans mon sommeil ou encastrée dans un dix-huit tonnes en envoyant un dernier texto au volant. Mais certainement pas calcinée ou déchiquetée en mille morceaux au milieu des débris d'un avion. Je refusais cette fin tout simplement parce que je ne la maîtrisais pas et que je n'avais pas eu le temps de m'y préparer.

Seules les personnes qui choisissent de mourir peuvent accepter cette issue tragique, et c'est sûrement pour cela que ma mère avait été si sereine ce jour-là.

Je regardais Claire se déshabiller dans la petite salle de bains aux lumières blafardes.

Une sensation étrange m'envahit lorsque je découvris la maigreur de ses jambes, ses omoplates saillantes telles des petites ailes prêtes à se déployer et la cicatrice qui traversait son ventre horizontalement. La maman aux longs cheveux blonds comme les blés, aux flancs musclés et au rire généreux avait fait place à une vieille dame affaiblie. La force de caractère avait supplanté la vigueur du corps.

Épuisée par les nuits sans sommeil et assommée par le compte à rebours, ma mère tenait à peine sur ses jambes. Elle enfila un beau pantalon à pinces noir et un pull en cachemire rose avec trois petits oiseaux en strass en haut à gauche, s'envolant vers des cieux plus cléments. Elle attacha sa montre dorée à son poignet, remonta ses cheveux de manière qu'ils forment un chignon flou puis plaça un foulard rose torsadé autour de sa tête, à la racine de ses cheveux. Ce foulard qui lui donnait un air de baba cool était en réalité un « cache-misère », comme elle aimait le décrire avec son sourire espiègle.

Elle prit le temps d'appliquer toutes ses crèmes. Son sac de toilette était plus imposant que la valise dans laquelle elle avait mis trois tenues sélectionnées avec attention. La cérémonie de la mise en beauté semblait interminable. Pendant ce temps, j'attendais dans le calme de la chambre d'hôtel avec mon père Henri et mes frères Paul et Vincent, témoins muets de cette dernière scène.

Pour la première fois de sa vie, Claire allait devoir être à l'heure. Le grand rendez-vous était prévu à 11 heures ce matin-là.

Assis par terre, puis dans le fauteuil unique, sur le lit, un chassé-croisé opérait. Nous occupions la chambre comme un jeu de chaises musicales à quatre. Les mains dans les poches, Vincent arpentait la petite pièce d'un pas lent qui trahissait sa nervosité. Paul regardait sa mère avec ses yeux bleus et perçants, un sourire léger aux lèvres et deux petites fossettes creusant ses joues.

Henri ne lisait pas vraiment le journal suisse local qui avait été glissé sous la porte ce matin-là ; ses yeux passaient plusieurs fois sur les mêmes phrases, mais aucun événement n'était plus important que celui qu'il allait vivre. C'était un 21 février. C'était écrit en petit sous le grand titre du quotidien.

« Je voudrais que tu gardes ma montre », m'avait-elle dit en la détachant de son poignet. Bientôt, le mécanisme s'arrêterait si la montre n'était pas portée. Je devenais ainsi la garante du temps qu'il restait.

Installés tous les cinq dans la voiture noire aux vitres teintées, il n'était plus question de faire place aux rires et aux futilités. Tout semblait s'accélérer et nous peinions à remplir ces derniers instants avec la plénitude de la veille. Chacun essayait de lire l'angoisse dans les yeux de l'autre sans la prononcer pour autant.

Les scénarios se bousculaient, les souvenirs ressurgissaient. La musique avait été choisie quelques jours auparavant ; notre mère ferait sa dernière danse sur une chanson de Jean-Jacques Goldman. Elle nous étreindrait dans l'ordre qu'elle avait déjà imaginé plusieurs fois les deux jours précédents.

Je pris une longue inspiration, Paul lui sourit tristement, Vincent baissa la tête et Henri saisit tendrement la main de sa femme. Après quarante-cinq ans de vie commune, ils se regardaient toujours avec intensité. L'heure n'était plus aux reproches ni aux heurts infligés par la vie, mais à l'unisson et à l'amour inconditionnel. Il nous fallait respecter la décision de Claire.

Arrivés à destination, nous fûmes étonnés de découvrir une maisonnette plutôt coquette. Je regardais mes pieds pendant que je marchais et me demandais ce qu'il adviendrait si j'arrêtais d'avancer, espérant peut-être repousser l'instant fatidique. Puis j'avais continué à me diriger mécaniquement vers la maison bleue ce 21 février.

Les meubles aux couleurs apaisantes trahissaient une mise en scène orchestrée. Dans le salon, deux dames nous accueillirent ; une quinquagénaire aux cheveux grisonnants, et une femme plus jeune portant des lunettes, les cheveux bruns coupés au carré. Elles nous saluèrent avec un sourire discret et nous invitèrent à les rejoindre à la table de réunion.

Sur la droite du salon, se trouvait un lit. Un lit une place, normal, avec draps, oreillers et couette. Il semblait confortable et invitait une personne à la fois. Il donnait presque envie de s'y allonger.

Les hôtes se présentèrent d'une voix calme et rassurante. Elles nous rappelèrent la procédure qui nous attendait et demandèrent à notre mère : « Madame, êtes-vous sûre ? » Jusqu'alors, j'avais espéré que le scénario préparé depuis sept ans connaîtrait un dénouement heureux. Mais avec la réponse de Claire, les choses semblaient plutôt indiquer le contraire. Ma mère posa les dernières questions qui la taraudaient, puis se rasséréna.

D'un côté de la table, Henri était assis près de son épouse. Il ne parlait pas. Il observait cette scène surréaliste. Comme à son habitude, il voulait protéger sa femme jusqu'au bout, même si cela signifiait la perdre.

La dame aux cheveux gris présidait, tandis que les trois enfants étaient installés en face de leurs parents. L'avenir face au passé, l'espoir face à la résignation, mais la peur, elle, était unanime ; la peur de souffrir pour certains, la peur du vide pour d'autres.

Je sentais une gêne grandissante au niveau de ma poitrine. Je me tenais le dos droit, légèrement penchée en avant, les doigts entrelacés sous la table. À ma gauche, Paul frottait nerveusement ses mains sur ses genoux pour éponger la sueur de ses paumes. Vincent, quant à lui, s'excusa et se leva pour faire quelques pas. Il s'adossa contre le mur non loin de là, enfouit son visage dans son coude pour se recueillir, à moins que ce ne fût pour essuyer une larme.

« Souhaitez-vous du thé ou du café ? » proposa la jeune accompagnatrice, d'un ton tellement amical que, dans un autre contexte, on aurait pu imaginer que nous étions chez le notaire ou dans une agence immobilière pour l'achat d'une maison. Avec quatre chambres et peut-être même une piscine. Une maison dans laquelle nous pourrions vivre ensemble comme avant. Avant la maladie qui rongeait notre maman depuis tant d'années et qu'elle avait combattue avec tant de force et de vaillance. Et surtout beaucoup d'humour.

« Tiens, Muriel. Ton héritage ! » m'avait-elle dit en me tendant le rouge à lèvres qu'elle venait de s'appliquer en attendant son thé. Claire avait toujours eu un humour décalé ;

cela la rendait souvent drôle, parfois blessante. Mais jusqu'à la fin, elle restait égale à elle-même. Coquette, théâtrale, jusqu'au-boutiste et forte. Ancienne professeure, elle aimait animer et être au centre de la scène. Elle préparait son dernier spectacle, et elle comptait le faire avec brio. Laisser une impression de confiance et de dignité à sa famille afin que nous n'ayons pas un jour à regretter ce dernier geste et que nous chérissions une maman certes émaciée mais élégante et sereine.

Claire prit le stylo que l'infirmière lui tendit. Elle ajusta ses lunettes et commença à lire en pinçant légèrement ses lèvres. La dernière copie qu'elle allait réviser s'intitulait « Assistance au suicide ». Le dernier mot s'enfonça dans mon cœur comme un poignard avec la force d'un réalisme cruel.

Comment tant d'années de chimiothérapie, de radiothérapie et de chirurgie, qui avaient transformé le corps de notre maman en terrain miné, pouvaient-elles se résumer en trois syllabes ? Claire avait promené ses mains sur les touches de son piano inlassablement pendant sept ans afin d'oublier en vain la fatalité. Combien de coups de fil désespérés avait-elle passés aux spécialistes ? Combien de diagnostics alarmistes avait-elle affrontés ? Combien de fois avait-elle vomi sa maladie ? Combien de fois avait-elle été meurtrie dans sa chair et son âme en voyant son corps dépérir ? Combien de fois avait-elle prétendu que tout irait bien pour protéger ses proches ? Combien de fois Henri l'avait-il étreinte en pensant que ce serait la dernière fois ? Ces répétitions n'avaient-elles donc aucune valeur ? Pouvaient-elles se résumer au mot « suicide » ? La violence de ce terme semblait travestir l'intention de notre mère. Soudés, nous souhaitions la soutenir dans cette épreuve et saluer cette volonté féroce de vivre dont elle avait fait preuve toutes ces années.

Le cancer s'était invité dans son colon et la menaçait de mourir d'occlusion intestinale. Le jugement était sans appel. La grenade avait été dégoupillée. Mais elle avait décidé que la beauté et l'amour primeraient sur l'horreur et la maladie.

Qui ne rêverait de pouvoir écrire sa propre conclusion et faire un pied de nez au destin ? Pour ma mère, tirer sa révérence avant l'implosion cataclysmique était l'acte céleste par excellence.

Quelques jours avant le départ pour la Suisse, dans sa belle maison entourée de couleurs ocre provençales, Claire avait serré dans ses bras ses amies, sa sœur et valsé avec Henri à en avoir le tournis. Elle avait célébré sa vie terrestre une dernière fois accompagnée par les gens qui en avaient partagé les morceaux choisis, telle une cheffe d'orchestre qui faisait vibrer ses musiciens à l'unisson dans une dernière symphonie. Elle leur avait fait quelques offrandes, se séparant de ses possessions matérielles et dispersant ainsi sa mémoire ici et là. Elle avait été l'hôte de son propre enterrement, ce qui lui donnait une impression de maîtrise dans ses dernières heures. Elle était la pluie et le beau temps, alternant rires et larmes. Heureuse de voir que, au bout du chemin, elle n'était pas seule. Toutes les personnes aux yeux brillants formant une farandole d'adieu autour d'elle correspondaient à des tranches de vie et à des souvenirs indélébiles. Elles étaient la somme de ce qu'elle était et représentait. Elles étaient également le soutien et l'élan dont elle avait besoin.

Je n'avais pas réussi à dormir la veille de partir. Ma mère était déjà dans la cuisine, elle n'avait pas trouvé le sommeil non plus. Penchée sur un petit carnet, elle essayait en vain d'imprimer ses dernières émotions. Quand elle m'aperçut, elle essuya ses larmes. « Ce n'est pas simple », dit-elle faiblement. Cachant pudiquement sa tristesse, elle se leva, caressa doucement mon épaule et ma nuque en quittant la pièce. Je pianotai le petit carnet du bout des doigts avec hésitation puis en soulevai la couverture épaisse. Ma mère avait écrit quelques phrases sans substance. Elle avait visiblement manqué d'inspiration, comme si le souffle de la vie l'avait déjà quittée. Elle s'était délestée de toutes ses émotions et semblait vide. Elle était prête. Comme le condamné à mort qui marche de manière résignée vers son bourreau après avoir tout cassé dans sa cellule le jour d'avant. L'acceptation était la dernière étape nécessaire du deuil.

Claire remplit son nom, son prénom puis marqua une pause. Notre cœur aussi. « Auriez-vous un peu de lait ? » demanda-t-elle à la jeune infirmière. Nous la regardions tous de manière incrédule. Je toussai légèrement. Paul esquissa un sourire bienveillant. Nous pouvions reprendre notre respiration, Claire nous avait donné deux minutes de répit. Elle ne semblait pas réaliser la gravité de la situation. La veille, à la fin du dîner, elle avait refusé la boule de glace en dessert, non parce que ses intestins ne l'auraient pas acceptée mais parce que cela faisait grossir. « Non, mais maman, fais-toi plaisir, manges-en un litre ! », lui avait dit Paul. Cet acte de déni, ce sursaut de vie nous avaient surpris.

« Où en étais-je ? », murmura Claire en posant sa tasse de thé, nonchalamment. Vincent fit quelques pas vers la table et se rassit. Henri plaça sa main sur la cuisse de sa femme, pour ressentir sa chaleur, pour l'accompagner tout simplement.

Elle se concentra à nouveau sur ce drôle de testament à trous qu'il lui fallait trouver la force de remplir. Il était nécessaire d'avoir toute sa tête pour valider ce dernier acte kamikaze. Tel un samouraï s'apprêtant à s'infliger la cérémonie du *seppuku*, elle continuait le rituel d'une main assurée et volontaire. Avant d'apposer sa signature, elle demanda du miel pour adoucir son thé au lait. Une fois de plus, cet interlude nous accordait une pause supplémentaire, les yeux rivés sur notre maman afin de ne rien rater de ses derniers moments. Puis elle griffonna la version officielle de sa signature ; ce n'était pas la version courte qu'elle avait si souvent utilisée pour parapher les carnets de liaison de ses enfants ou les bas de pages formels. Celle-ci était plus difficile à forger ; elle était aussi étirée et solennelle que l'instant.

L'infirmière agrafa les documents et les glissa dans une pochette. Nous avions alors repoussé de concert notre chaise et nous nous étions levés avec le sentiment étrange que le film allait vite défiler devant nous. Les trois derniers jours s'étaient écoulés avec une lenteur éprouvante, mais le temps semblait s'être soudainement emballé. Dans une dernière étreinte, avec la volonté secrète de la retenir, Henri avait écouté les mots doux que sa femme lui avait susurrés. En réalité, elle lui avait rappelé que l'homme extraordinaire qu'il était ne devait pas rester seul. Elle le libérait ainsi de son amour dans un ultime acte de générosité.

Elle avait ensuite embrassé Vincent, son petit dernier qui, du haut de son mètre quatre-vingt-douze, devait se plier en deux pour serrer avec émotion sa maman fragile. Jusqu'au bout, elle voulait le protéger et le rassurer en feignant une fausse gaieté.

« Mon roi ! » avait-elle susurré tendrement à Paul, celui qui était son roc, celui qui lui ressemblait le plus et qui, au fil de ses nombreuses attentions, l'avait également hissée au rang de reine. Aucune femme dans la vie de ces trois hommes ne pourrait jamais l'égaler.

Après m'avoir étreinte à mon tour, Claire avait alors enlevé ses chaussures puis s'était glissée sous les draps tout habillée. L'infirmière vérifia le cathéter, puis rapprocha le pied à sérum. La poche de liquide oscilla. Elle brancha le tube. « Nous allons faire un essai avec du sérum physiologique afin de vérifier que cela fonctionne. » Il s'agissait en fait d'une dernière répétition, d'un préambule macabre mais nécessaire. Le visage de Claire qui semblait si serein s'inquiéta lorsque l'infirmière ôta le tube. « Ce n'est pas la bonne taille », dit-elle à sa collègue. Une fois de plus, la cérémonie subit une halte forcée dans son déroulement.

L'infirmière réitéra la procédure avec la tablette à injection sur laquelle une grande seringue était installée horizontalement. Paul et Vincent se placèrent au bout du lit, face à leur mère, tenant chacun un de ses pieds, tandis que je serrais la même main avec mon père.

L'infirmière s'assit alors sur le lit entre ma mère et moi. « Je dois vous demander une dernière fois si vous êtes sûre, car une fois enclenchée, je ne pourrai plus arrêter l'injection. »

Ma mère avait alors répondu d'un ton légèrement agacé qu'elle l'était. « Rappelez-moi plutôt sur quel bouton je dois appuyer. » Je suivis des yeux son doigt qui s'enfonça sur l'unique bouton. Rouge. Celui de la bombe atomique, de la fin du monde, de la détonation, du faux départ. Elle avait appuyé sans prévenir. Elle avait pris tout le monde de cours, mettant ainsi fin au supplice de chacun.

Depuis mes seize ans, je n'avais plus dit à ma mère que je l'aimais. Trop d'incompréhensions, de rêves déçus, de conversations rompues s'étaient immiscés entre nous deux. Mais au moment où elle déclencha l'injection d'un geste prompt, je ne pus retenir un « Maman, je t'aime ! » viscéral. Ce même amour inconditionnel qui donnait la vie et la reprenait parfois.

« Moi aussi je t'aime », avait-elle répondu dans son dernier souffle, puis elle avait fermé les yeux, plongée dans un sommeil artificiel. Ses lèvres s'étaient entrouvertes, puis l'un après l'autre, ses organes flanchèrent. Les poumons, le cœur, entraînant les autres dans un arrêt quasi simultané. Son corps convulsa légèrement. Ainsi la femme qui nous avait mis au monde s'était éteinte. Pour toujours. La jeune infirmière ne put retenir son émotion. Sa collègue tapota sur mon épaule pour me rappeler de respirer.

Je déposai un dernier baiser sur le front tiédi de Claire. « Allez-vous vérifier son pouls ? » demandai-je à l'infirmière plus âgée, inquiète que ma mère soit coincée entre deux mondes. « Inutile. Elle a reçu cinq fois la dose d'anesthésie générale, et trois fois la dose mortelle », me répondit-elle tendrement en me tenant les mains. Notre maman semblait si menue et la dose si grande.

Henri remercia les infirmières d'avoir rendu un si bel hommage à son épouse. Puis les quatre orphelins que nous étions s'accolèrent comme des basketteurs qui se rassemblent pour faire le point sur leur match. Sauf qu'il n'y avait pas de stratégie, pas de recours possible mais un constat bien triste et sans appel. Nos sanglots sortaient du plus profond de nos entrailles. Nous n'avions jamais vu ni entendu notre père pleurer. Il pleurait de tristesse mais aussi de soulagement. Cet accompagnement avait duré tant d'années et lui avait demandé une force presque inhumaine.

Plus de quarante ans d'amour envolés en dix secondes. Nous étions arrivés avec notre mère et épouse, mais étions repartis avec son manteau et ses chaussures.

Entre les deux, le corps n'était plus.

Pendant les jours qui suivirent, la présence de Claire restait palpable, dans nos cœurs bien sûr mais aussi dans l'air que nous respirions, les pas que nous faisions, les minutes qui défilaient. Les pharaons mouraient deux fois ; une première fois quand leur âme quittait leur corps, une deuxième fois quand on les oubliait et que leur nom n'était plus mentionné.

Claire, elle, resterait immortelle.

3

Étrangement, la tristesse provoquée par la mort de ma mère fut remplacée, quelques jours après, par une sensation plus douce. Elle n'allait plus souffrir, et je n'allais plus la décevoir. Le compte à rebours lent déclenché par sa maladie nous avait laissé le temps de nous entendre à nouveau, de façon que le souvenir de nos désaccords devienne vague et inconsistant. Seul l'événement déclencheur de notre discorde resterait à jamais gravé dans ma mémoire, modifiant par la même occasion mon rapport à l'amour pour toujours.

Pourtant l'amour paraît tellement puissant lorsqu'on a seize ans, un sentiment d'abandon pur, mêlé à une promesse d'absolu. C'est ce que j'avais ressenti en lisant les lettres de Christophe à l'ombre des bougainvilliers roses de l'île de la Réunion où nous avions grandi ; des écrits sans artifice que j'édulcorais de rêves intenses. J'avais retenu mon souffle à chaque virgule comme si chacune d'entre elles ravivait la perspective d'un nouvel élan dans notre relation. Jusqu'à la prochaine virgule. Jusqu'à la prochaine lettre. Les quelques lignes qui les sillonnaient façonnaient les contours délicats d'un serment amoureux que je désirais plus que tout au monde.

C'est cette même sensation d'abandon qui m'avait motivée à avaler les cachets d'anxiolytique de ma mère.

Quatre ans plus tôt, lorsque Christophe s'était assis à côté de moi lors de la pause déjeuner d'une compétition organisée par son club de natation, il ne m'avait pas particulièrement semblé attirant avec son nez épaté, ses cheveux hirsutes et ses anneaux en or dans chaque lobe d'oreille. Malgré cela, j'avais été touchée par son envie de m'impressionner et d'assurer la suite de notre histoire en me demandant mon adresse. À douze ans, j'avais surtout été flattée qu'un nageur talentueux et plus âgé s'intéressât à moi. J'avais réalisé mon meilleur temps sur deux cents mètres brasse ce jour-là. Je n'avais plus jamais nagé pour égaler le nombre de médailles de mon frère Paul, mais pour me qualifier pour les championnats de France et continuer à côtoyer Christophe.

Il était devenu mon phare dans la nuit, mon étoile du berger, mon envie d'excellence.

Mes souvenirs d'années collège se résumèrent alors aux longueurs de bassin et aux nombreux soupirs empreints de langueur et d'impatience suscités par mon souhait d'abolir la distance et les interdits.

En quête d'Eldorado amoureux, je passais des heures dans ma chambre à Aix-en-Provence où nous étions revenus l'année de mes seize ans, à écouter les chansons de Bruce Springsteen, Supertramp et Dire Straits qui faisaient vibrer Christophe et à imaginer un jour porter son nom. C'était de mon âge d'interpréter ses intentions à mon avantage et de projeter mon désir d'absolu sur ce garçon de cinq ans mon aîné. C'était également de mon âge de vouloir mourir par amour, parce que la vie ne devait sa saveur qu'à ses baisers, et sa valeur qu'à ses promesses.

Un problème de santé avait brisé les rêves sportifs de Christophe et l'avait plongé dans le plus grand désarroi. J'avais souhaité partager sa souffrance et effacer ses doutes, je voulais l'étreindre et atténuer sa peine, mais tel un oiseau qui se fracasse contre les barreaux de sa cage dans sa quête de liberté, je m'étais heurtée au refus catégorique de mes parents de le retrouver à Paris. Le visage inondé de larmes, j'avais enragé que ma mère puisse minimiser mon premier amour en le reléguant au vulgaire titre de lubie ou d'amourette de jeunesse.

« Tu es trop jeune pour que je te laisse dormir chez un garçon », m'avait dit Claire. J'avais eu beau supplier mes parents de me laisser vivre mon histoire, leur jurer chasteté et autres vœux idéalistes, ils restèrent intraitables.

À aucun moment je n'avais imaginé qu'il me ferait le moindre mal après tant d'années d'échanges et de confiance.

Mes parents avaient fini par me laisser le rejoindre, non parce qu'ils avaient soudainement validé notre relation mais parce que je dépérissais. Je n'avais plus d'appétit, plus d'envie et mes résultats scolaires étaient en berne. Je passais mes journées emmurée dans un mutisme inquiétant, mes écouteurs greffés sur les oreilles. Déconcertés, mes parents avaient dû faire un choix cornélien entre deux mauvaises décisions après m'avoir découverte inerte dans mon lit en plein après-midi.

« Mais tu n'es toujours pas prête ? Qu'est-ce que tu fais dans le noir ? Prépare-toi pour aller à l'entraînement ! » m'avait ordonné mon père d'une voix forte, à la fois agacé par mon retard et étonné de me trouver alitée à 17 heures. Il ne pouvait pas savoir qu'une demi-heure plus tôt, dans la cuisine, j'avais ouvert le tiroir à pharmacie de ma mère et placé les cachets d'anxiolytique dans le creux de ma main. Je les avais avalés d'une traite, sans hésitation.

Je m'étais glissée tout habillée sous ma couette, les bras le long du corps et j'avais fermé les yeux, soulagée d'en finir. Plusieurs images se bousculèrent dans ma tête ; je me voyais courir en robe légère vers la boîte aux lettres sous les bougainvilliers, je devinais la tristesse de mes parents, je visualisais les pleurs de mes deux petits frères et l'incompréhension de mes camarades face à mon désespoir insensé. Plus rien de tout cela n'avait d'importance.

Je sentais mes yeux bouger rapidement derrière mes paupières et mon sang onduler dans mon cou, propulsant des messages de détresse vers mon cerveau. Mon cœur devenu fou se débattait dans sa camisole, plaidant une cause en laquelle il ne croyait plus. Mes lèvres s'entrouvrirent et j'expirai longuement pour me calmer. Plongée dans l'obscurité, je pris conscience de ma chevelure éparpillée autour de ma tête sur l'oreiller. Mes paupières commencèrent à se détendre progressivement et ma respiration à ralentir. J'eus l'impression que mes jambes devenues lourdes s'enfonçaient dans le matelas. Mes mains s'ouvrirent doucement et basculèrent sur la tranche. Je ne pensai plus à rien.

L'ouverture soudaine de la porte de ma chambre me fit reprendre conscience un court instant, puis je sombrai à nouveau dans un état de léthargie profonde. Les mots prononcés par mon père ressemblèrent à un grommellement inaudible. Une autre voix plus stridente lui fit écho :

– Mais qu'as-tu fait ? As-tu pris quelque chose ? demanda ma mère en me secouant vivement le bras.

Elle était assise sur le bord du lit. Je peinais à réagir et murmurai quelques mots indistincts.

– M'enfin Henri, qu'a-t-elle fait ? Mais qu'a-t-elle encore fait ? répéta-t-elle en se retournant vers son mari qui se tenait debout derrière elle, impuissant, les mains sur les hanches.

– J'appelle le docteur ! décida enfin Henri.

Puis ils quittèrent la chambre, me laissant dans mon état cataleptique. J'entendais mes parents s'agiter au bout du couloir. Guidée par son instinct, ma mère se dirigea vers la cuisine et découvrit la plaquette vide d'anxiolytique Les mains tremblantes, elle s'était retournée vers Henri qui traduisait au médecin à l'autre bout du fil ce qu'il comprenait de la scène et de la détresse de son épouse.

– Il veut savoir combien elle en a pris ? demanda Henri, en posant sa main sur la partie microphone du combiné.

– Il m'en restait quatre je crois, peut-être cinq, répondit Claire en regardant de manière dubitative la tablette qu'elle tenait fermement.

– Bon, apparemment la dose n'est pas suffisante pour que ses jours soient en danger, ou que ça nécessite un lavage gastrique, conclut Henri en raccrochant.

– Pas besoin d'aller à l'hôpital ? Tu es sûr ?

Claire secouait sa tête de gauche à droite en signe d'incompréhension.

– Elle nous en aura vraiment fait voir de toutes les couleurs. Et tout ça pour quoi ? Pour un garçon ! Non, mais Henri, franchement ! précisa-t-elle en laissant retomber énergiquement ses mains sur ses cuisses.

Son mari regardait dans le vague, en fronçant les sourcils. Dans le manuel du parent idéal, rien n'indiquait comment gérer une adolescente en mal d'amour. Rien ne pouvait laisser présager la suite des événements non plus.

J'aperçus Christophe recroquevillé sur le trottoir. Il semblait endormi, la tête enfouie dans ses bras. Ses amis l'avaient cherché partout dans la boîte de nuit et avaient fini par le retrouver presque ivre mort sur le parking. Je m'assis près de lui et fis un mouvement de friction dans son dos pour le réchauffer.

– Tu vas attraper froid ! Viens à l'intérieur, lui dis-je tendrement, en rapprochant mon visage de son oreille.

– Lâche-moi ! cria-t-il en postillonnant, se dégageant de mon étreinte d'un grand geste circulaire. Je ne veux pas de ta pitié !

Puis il posa à nouveau sa tête sur ses coudes.

Déstabilisée, je plaçai rapidement ma main par terre pour ne pas perdre l'équilibre, puis me mis debout après deux longues secondes d'hésitation. Abasourdie par cet élan de colère, je jetai un coup d'œil réprobateur à un de ses camarades qui haussa les épaules et se baissa pour aider Christophe à se relever. Ils se dirigèrent vers la voiture dans laquelle ils s'engouffrèrent. Il faisait particulièrement humide ce soir-là. Je les suivais à quelques mètres de distance, serrant fermement le col de mon manteau. Mes dents claquaient légèrement mais le froid n'en était pas la cause unique.

Assise sur le siège arrière, j'observais la tête de Christophe qui ballottait au gré des coups de volant. Il bougea enfin pour boire une gorgée de bière puis continua sa légère oscillation. Il y avait un bateau ivre à la place du sportif de haut niveau, un Juif errant à la place du Messie. Prométhée avait perdu son feu, Icare ses ailes, Samson sa chevelure. Christophe était juste un homme comme les autres. Non. Pire. Pire que les autres.

Nous sommes montés à l'étage sans faire de bruit pour ne pas réveiller ses parents. Il se cramponnait lourdement à la rambarde en tenant sa bière dans l'autre main. Je lui emboîtais le pas. Dans la chambre, il y avait sûrement un bureau, une armoire, une fenêtre donnant sur le jardin mais je ne remarquai que le lit double. Je l'observais alors qu'il vacillait sur un pied comme un équilibriste en état d'ébriété tentant de se déchausser. J'enfilai ma chemise de nuit et m'allongeai dans le lit glacé près du mur, les mains posées sur ma poitrine, m'interdisant de croiser son regard.

« Avec le goût de la bière, c'est pas terrible », marmonna-t-il en mettant un chewing-gum dans sa bouche. Puis il posa sa bière près du lit et souleva la couette de manière à me découvrir entièrement. Je crispai mes doigts sur mes lèvres et me collai davantage contre le mur, les coudes serrés le long de mon corps. Dans l'obscurité, je devinais le contour de son corps nu et imposant au pied du lit.

Il avança à quatre pattes au-dessus de moi et releva ma chemise de nuit jusqu'à ma taille. Il écarta mes cuisses raidies par l'appréhension. Il glissa son bras sous mon dos et me déplaça sur la gauche, puis il tira sur ma culotte d'un geste brusque. Sentant l'élastique frotter le long de ma cuisse, je murmurai : « Non, pas tout de suite. S'il te plaît ! » en essayant de le repousser. Il plaça une main sur ma bouche, avec l'autre il saisit sa verge et se masturba avec des mouvements rapides, haletant. Terrifiée, je sentais son haleine alcoolisée dans mon cou alors qu'il grognait d'excitation. Mes jambes étaient prises dans l'étau de son corps, je peinais à respirer et mes yeux exorbités se remplirent de larmes.

Je pensai à mes parents qui ne pouvaient plus me protéger à présent. J'eus envie de hurler mon dégoût, ma douleur brûlante au moment où il poussa son sexe en moi. Dans tous les scénarios que j'avais imaginés, j'avais rêvé de romance, de douceur, de baisers fougueux, de caresses aimantes, mais j'avais omis la violence et la lâcheté.

Je ne parvins ni à bouger ni à fermer les yeux pour échapper à cette étreinte brutale. Je priais juste pour que cela s'arrête, que je ne sente plus son souffle chaud, qu'il ne m'écrase plus sous son poids et que ses va-et-vient saccadés cessent enfin. En quelques secondes, tous mes souvenirs et tous mes sentiments furent violés, comme un champ de vignes ravagé par la grêle assassine, un navire fracassé par la tempête soudaine, des soldats décimés par une rafale de balles ennemies.

« T'étais même pas vierge ! » soupira-t-il après avoir roulé à côté de moi, respirant bruyamment. Je tournai la tête vers lui lentement et j'eus envie de l'insulter, de me jeter sur lui et de déchiqueter son visage jusqu'à ce qu'il n'en reste plus rien. Mais je me levai pour aller dans la salle de bains afin de tenter d'essuyer les traces de mon déshonneur et nettoyer la semence clandestine qu'il avait forcée en moi. Une sensation de brûlure me fit grimacer lorsque je parvins enfin à uriner. Le filet de sang qui avait coulé le long de ma jambe s'enfuit en zigzaguant vers le siphon de la douche, emmenant avec lui mes bleus à l'âme.

Dans les jours qui suivirent, il fallut affronter la déception de ma mère, avaler la pilule du lendemain et subir une batterie de tests de maladies sexuellement transmissibles aux noms barbares. Des tests qui cependant ne pourraient révéler en aucun cas ma honte ni ma rage, cette même peine qui me faisait trembler le soir lorsque mes larmes amères se confondaient avec l'eau chaude de la douche et qui soulevait mon corps de spasmes incontrôlables dans l'obscurité de ma chambre.

Souffrir et aimer faisaient-ils partie du même pacte, comme deux faces d'une même pièce ?

Quelques mois plus tard, les meilleurs nageurs français visaient leurs qualifications pour les Jeux olympiques. La montée d'endorphines et de stress était palpable. À cette tension s'ajoutait la cacophonie de sifflements, de cornes de brume et de claquements de bras sur l'eau. Des centaines de corps se chevauchaient et s'additionnaient dans les lignes pendant l'échauffement. Les vapeurs de chlore et le brouhaha ambiant semblaient comprimer l'espace contenu sous la voûte de la piscine.

J'étais assise sur une chaise en plastique blanc dans la chambre d'appel. Ayant fait un temps ex aequo avec une autre nageuse sur deux cents mètres nage libre, je devais valider ma qualification en équipe de France junior lors d'un barrage. Nous allions donc ouvrir le bal. Nous étions assises en face l'une de l'autre, à l'écart des séries suivantes. La série zéro, la mise en bouche, l'introduction. La course que personne ne regarderait mais qui scellerait le destin de l'une de nous deux.

Je me levai pour sautiller et détendre ainsi mes jambes. Je secouai mes bras le long de mon corps pour les relâcher. Je serrai la ceinture de mon peignoir et plaçai la capuche par-dessus mon bonnet pour m'isoler visuellement, le fil blanc de mes écouteurs courait le long de mon peignoir jusqu'à ma poche. Je sentais le cortisol envahir mon ventre et les battements de mon cœur accélérer, comme une comédienne qui s'apprête à rentrer en scène en espérant ne pas avoir oublié son texte. J'inspirai et soufflai deux trois fois puis me rassis, le buste penché en avant et les coudes posés sur mes cuisses. Je laissai retomber ma tête et fermai les yeux afin de visualiser ma course.

Au moment où je relevais la tête, j'aperçus Christophe qui marchait dans ma direction. Mes pupilles se rétrécirent, mes mains devinrent moites et mon estomac se noua comme un poing qui se ferme pour appréhender un coup. J'espérais qu'il continue son chemin mais une fois devant moi, il posa ses mains sur les accoudoirs de ma chaise, se pencha et me dit : « T'as intérêt à n'avoir rien dit aux flics, sinon ça va mal aller pour toi », plongeant son regard noir et insistant dans le mien. Je tournai la tête pour l'éviter, il se redressa et s'éloigna. Je sentis une pression au niveau des tempes. Le poison qu'il m'avait instillé fit subitement bourdonner mes oreilles, je ne distinguais plus le sol qui semblait se dérober sous mes pieds. Des picotements envahirent mon visage. Puis plus rien. Je repris conscience quelques secondes plus tard.

– Est-ce que ça va ? Tu m'entends ? demandait la voix d'une officielle qui me tapotait la joue. Allonge-toi. Je vais placer un bonnet sur ta bouche et tu vas respirer doucement, d'accord ?

Je la regardais avec des yeux effarés puis repoussai le bonnet qui m'étouffait.

– Je n'arrive pas à respirer avec ça.

– Tu es peut-être trop couverte, ouvre un peu ton peignoir, il fait déjà très chaud dans la piscine, me dit-elle gentiment.

– Merci beaucoup, répondis-je faiblement.

– Ça va aller pour ta course ?

Je hochai la tête puis me redressai. Ma concurrente n'avait rien raté de la scène et même si certains éléments lui avaient échappé, elle se délectait déjà de sa victoire. Cette dernière resserra ses lunettes puis se leva de son siège, tournée vers le bassin.

Au coup de sifflet long, je montai sur le plot. Mes jambes tremblaient et me portaient à peine. Mon étoile du berger ne me guidait plus. Au coup de sifflet court, cette petite lueur explosa en Big Bang dans mon cœur et fit partir en éclats mes rêves d'enfance.

4

« Promets-moi que tu passeras l'agrégation ? », m'avait suppliée ma mère lorsque ce fut mon tour de lui dire adieu. J'avais acquiescé doucement, la tête enfouie dans son cou. Elle aurait pu me demander n'importe quoi. On ne peut rien refuser à une personne qui se meurt. « Je n'ai pas été une mère parfaite, mais je t'ai aimée. J'espère que tu le sais », avait-elle ajouté en cherchant l'approbation dans mon regard.

Avec ces mots, elle m'avait confessé ses failles et m'avait absoute par la même occasion. Le lien viscéral qui avait été démantelé jusqu'alors semblait être réhabilité. J'eus l'impression qu'une main invisible se glissait dans mon ventre par le nombril et remuait mes entrailles. En retour, j'aurais voulu m'excuser pour mes maladresses, ma fougue et mes affronts, mais je n'y parvins pas. Je ne savais pas comment démêler tous ces nœuds en si peu de temps, alors qu'ils étaient restés enfouis et craints pendant tant d'années. Nous nous étions regardées quelques secondes encore, les yeux humides, essayant de deviner ce que l'autre pensait. Au moment de sa mort, je renouais mon vœu d'amour pour elle.

Pendant les jours qui avaient précédé son départ en Suisse, nous nous étions remémoré les anecdotes qui avaient ponctué notre vie ensemble, Paul lui avait accordé quelques danses pour la faire rire, Vincent avait lu sa longue lettre dans laquelle il retraçait avec exaltation tout ce que notre mère-louve avait été capable de faire pour nous, y compris crever les pneus de voiture de la prof de physique.

Quant à moi, j'avais été incapable de m'amender de mon passé houleux avec elle et je n'en voyais plus l'intérêt à présent. Toute blessure passée semblait tellement dérisoire face à sa mort imminente. Je m'étais contentée d'observer et de faire en sorte que ses derniers jours soient aussi paisibles que possible. Je n'essayais plus de lutter pour exister à ses yeux, je lui laissais toute la lumière des projecteurs dont elle avait besoin. Je n'essayais plus de défendre à tout prix mes choix de vie, mes fluctuations de poids, mes amours ratées, mes tatouages et tous ses espoirs déçus qui se multipliaient à l'infini.

Dans le processus d'acceptation de sa mort, ma mère avait réussi à atteindre un degré de lucidité et de courage inouï en donnant corps à ses émotions avec justesse et recul. « Je veux que vous conserviez une belle image de votre maman et surtout que vous ne soyez pas tristes car je pars sereinement. » Elle nous avait dit cela avec pragmatisme, comme on énonce une règle avant un jeu de société. Elle s'était montrée rassurante afin d'épargner à sa famille le souvenir d'une fin douloureuse. Elle avait voulu que nous ne gardions en tête que sa beauté et des moments heureux de partage et d'amour. Le reste pouvait brûler dans l'incinérateur ; elle se délivrait volontiers de ses angoisses de mort, de sa peur de vieillir, de son enfance violentée et de ses rêves contrariés.

Allongée sur son lit de mort, elle avait regardé une dernière fois son plus beau projet de vie et elle nous avait souri. Tous agrippés à elle, nous formions ainsi les cinq doigts de la main. Paul continuerait à fonctionner en ignorant l'amputation, les trois autres subiraient parfois les douleurs lancinantes du membre fantôme qui surgissaient sans prévenir, comme des vagues souterraines.

La voiture noire nous avait déposés devant un hôtel au bord du lac Léman où mon père allait passer sa première nuit sans sa femme. Incapables de faire face à notre nouvelle réalité seuls, nous avions décidé de marcher ensemble autour du lac en silence. Le vent soufflait fort, nous n'éprouvions finalement aucun plaisir à affronter le froid et les gouttelettes du jet d'eau qui giclaient sur nos visages. Nous avancions côte à côte, le corps plié à cause de l'intempérie, comme si la Terre s'était légèrement inclinée ce jour-là et que, dans chaque pas, nous cherchions un nouvel équilibre.

Paul avait organisé un massage pour chacun d'entre nous. En arrivant devant la porte de ma chambre, une jeune femme habillée en noir m'attendait, avec une grande sacoche contenant une table pliable. Par pudeur, la jeune masseuse ne dit pas un mot et me suivit. La table fut dépliée, les rideaux tirés et mon corps couvert d'une serviette. Ce moment de détente qui aurait pu sembler déplacé s'avéra cathartique. Le mouvement circulaire des mains sur mon dos détendit la tension accumulée dans mes muscles pendant les heures précédentes et m'obligea à caler ma respiration en fonction de la pression exercée. Une sensation de chaleur se diffusa dans mon corps jusque dans la nuque tandis que les doigts de la jeune femme plongeaient dans ma chevelure et remontaient sur mon crâne, exorcisant ainsi ma douleur. L'espace d'une minute peut-être, je m'assoupis, bercée par la modulation de ses mains sur ma peau, drainée de mon énergie par la vivacité des émotions récentes.

– Maman nous ferait sûrement remarquer que ça ne nous coupe pas l'appétit ! souriais-je en regardant mon assiette bien garnie, au restaurant de l'hôtel.

– À la tienne, ma petite Claire, ajouta Henri en levant son verre de vin.

– Elle va nous manquer, petite maman, ajouta Paul, les yeux brillants.

– Que va-t-il se passer à présent ? s'étonna Vincent qui n'avait quasiment pas parlé depuis la mort de notre mère.

Tout était allé si vite que nous n'avions pas encore réfléchi à la suite. Nous n'osions pas appréhender la vie sans Claire. Elle était toujours là, assise avec nous à table à refuser dessert et vin par conviction jusqu'au bout. Nous l'imaginions renchérir à chacune de nos blagues, nous entendions encore son rire résonner et tentions alors d'honorer son départ avec un simulacre de gaieté.

– Je pense qu'elle voudrait que ses cendres soient disséminées au pied de la Sainte Victoire où elle aimait marcher, proposa Henri en posant son verre.

– C'est une bonne idée, il faut qu'on organise ça. Ça va aller, toi, mon papa ?

J'attendais la réponse de mon père en réalisant qu'il n'y avait pas de question facile ni de réponse évidente dans ce genre de situation où la part d'inconnu était abyssale.

Notre attention avait été portée sur les derniers jours de Claire, sur le bon déroulement de la procédure, sur l'espoir qu'elle ne souffre pas trop, mais à aucun moment nous n'avions pensé au jour d'après, et au vide que cela occasionnerait pour notre père. L'association s'était occupée d'emmener le corps, de l'incinérer et des formalités administratives. Nous étions tout simplement partis avec son manteau, son sac et ses chaussures. Les cendres nous seraient envoyées plus tard. Et tout autour, il y avait le monde, qui lui, continuait de tourner inlassablement. Nous en avions pris conscience en même temps et posé nos couverts, interdits.

– Vince, tu retournes avec papa à Aix quelques jours, c'est ça ? demandai-je à mon petit frère.

— Oui, je peux rester, le temps que tu déposes les enfants à Richard pour les vacances.

— Je serai là dans quatre-cinq jours. Ensuite, je t'embarquerai avec moi en Bretagne, mon petit papa, répondis-je avec un semblant de normalité. J'ai besoin que tu gardes Raphaël et Louis pour la semaine des écrits de l'agrégation début mars !

Notre père ne demandait jamais rien, il faisait toujours passer les autres d'abord. Mais ce soir-là, au fond de lui, il se sentait ému et rassuré de savoir que ses enfants seraient présents pour l'accompagner vers cette nouvelle solitude. Il avait perdu sa sœur, sa mère puis son père quelques années auparavant ; il eut soudainement l'étrange sentiment d'être le prochain. En bon fantassin, il se tenait droit, en première ligne de combat, avec l'impression que son destin s'était précipité dans les derniers mois. L'ennemi invisible était l'inexorable machine à broyer du Temps à laquelle personne n'échappait et que l'on ne remarquait qu'au moment où elle s'apprêtait à nous avaler à notre tour.

Il réalisait également que l'amour inconditionnel qu'il nous avait donné lui assurait une stabilité émotionnelle si nécessaire à présent. Il n'avait jamais douté de la générosité de cœur de ses enfants ni de leur bienveillance à son égard mais, par habitude et pudeur, il n'avait jamais rien attendu en retour.

Ses parents ne l'avaient jamais accompagné à l'école ou au peu d'activités qu'il avait eues, ils ne s'étaient pas souciés de sa sécurité lorsqu'il disparaissait des heures pour regarder les trains arriver et partir de la gare Saint-Lazare, ils s'étaient rarement demandé comment il avait parcouru autant de kilomètres à vélo pour rendre visite à ses grands-parents. Ils étaient bien trop occupés à travailler pour survivre, Charles à la Poste et Simone à coudre des vêtements pour les grandes dames qui feignaient ainsi de porter du Chanel sans assumer les heures qu'elle avait passées à s'user les yeux pour leur vanité, en échange de quelques francs.

Après avoir fait ses devoirs en vitesse au café du coin, par manque de place chez eux, il filait écouter les soldats américains jouer du jazz, flânait place du Tertre pour admirer les peintres et observer les badauds, puis remontait les courses que sa mère lui avait demandé de faire en rentrant, grâce à un système de seau, corde et poulie jusqu'au dernier étage de l'immeuble.

Pendant que sa sœur et ses parents dormaient à côté de lui dans la même pièce,

Henri rêvait d'un avenir plus heureux et plus confortable pour la famille qu'il aurait à son tour. Il rêvait de fabriquer les lits et les coffres à jouets de ses enfants, de les pousser sur leurs vélos après avoir enlevé les petites roues, de les soutenir dans leurs devoirs et dans leurs doutes, de les amener à la piscine ou à toute autre activité dans laquelle ils s'épanouiraient.

À quatorze ans, il rêvait aussi d'épouser la belle voisine qu'il admirait de sa fenêtre alors qu'elle répétait avec passion ses mouvements de danse ou qu'elle anticipait la scène du film *Titanic* sans le savoir, assise sur le cadre du vélo d'Henri qui l'emmenait au collège parce qu'elle avait encore raté son bus. Son incapacité à être à l'heure faisait le plus grand bonheur de son petit voisin qui s'imaginait en pleine chevauchée avec sa dulcinée vers une contrée d'abondance.

Quand à vingt-huit ans il la vit passer par hasard devant lui sur le Cours Mirabeau à Aix-en-Provence, il abandonna ses amis et sa bière pour lui parler, bien décidé à ne pas la laisser filer une deuxième fois. Claire ne le reconnut pas, mais elle le trouva si beau avec son grand sourire, ses cheveux noirs frisés et ses yeux verts admiratifs.

Quarante-cinq ans plus tard, Henri avait serré la femme de sa vie une dernière fois et s'en était remis humblement au destin pour la suite. Une partie de lui s'était éteinte et l'AVC qui le secoua un an et demi après la disparition de sa femme fut une des étincelles qui lui rappela que son cœur était à présent en sursis.

5

Lorsque l'avion s'écraserait avec les deux cents âmes à son bord, il emporterait bien plus que du matériel ; il anéantirait nos souvenirs, nos rêves et nos batailles. Toutes les choses pour lesquelles nous nous serions démenés n'auraient plus d'intérêt. Si j'avais pu prévoir que j'allais partir ainsi, je n'aurais pas passé l'agrégation qui m'avait demandé tant d'efforts, j'aurais succombé à la tentation d'une passion volée et je me serais davantage brûlé les ailes plutôt que préserver mes choix de vie à tout prix. Mais il est impossible de vivre dans un éternel présent sans chérir son passé ou rêver son futur.

« Nous sommes la somme de nos choix », avait écrit Albert Camus. L'agrégation avait été la volonté de ma mère et non pas la mienne, j'avais choisi Richard mais pas la rupture, nous avions quitté Dublin pour la Bretagne pour y vivre ensemble et non pas seule. J'avais été amenée à redéfinir mes choix, et surtout celui de partir, de recommencer.

Deux semaines après le décès de Claire, comme promis, Henri était venu garder ses petits-fils pendant les épreuves d'agrégation. Il était content de rendre service à sa fille mais aussi de ne plus chercher sa femme dans son lit, de ne pas lui parler en réalisant qu'elle n'était plus là, de ne plus voir ses habits chaque fois qu'il se changeait dans leur dressing commun, de ne plus sentir les effluves de ses crèmes diverses dans la salle de bains et de ne plus s'attendre à la voir descendre les escaliers pour venir regarder le film du soir.

En venant en Bretagne, il laissait ses fantômes de côté et endossait un rôle actif de père et de grand-père. Ainsi, il avait l'impression de vivre avec les vivants, de participer à la construction de quelque chose, de l'avenir de sa fille, qui avait besoin de son soutien et qui aimait le lui rappeler.

« Que ferais-je sans toi, mon petit papa ? » lançai-je avec un sourire tendre en fermant la portière de ma voiture. Il me fit un signe de la main alors que je m'éloignais. Le grand brun que ma mère avait croisé sur le Cours Mirabeau était devenu un monsieur de soixante-treize ans, aux cheveux blancs épars sur le dessus de sa tête et aux sourcils noirs encore bien fournis. Le petit garçon que j'avais admiré en culotte courte et aux cheveux longs sur les photos jaunies en triant les affaires de sa mère et qui avait conservé ce faux air de Robert de Niro attendrissant, me regardait partir avec émotion.

Je m'installai à la table où figurait l'étiquette blanche avec mon numéro d'immatriculation, mon nom et l'inscription « Agrégation externe anglais ». J'arrivais enfin au bout du tunnel et il ne fallait pas défaillir. Cela faisait des mois que mes journées semblaient dépasser allègrement les vingt-quatre heures et j'appréhendais l'instant où mon énergie serait totalement consumée.

Je venais d'obtenir mon CAPES après une année de travail acharné et j'avais décidé d'enchaîner avec l'agrégation pour ma mère, mais aussi pour mieux gagner ma vie et être capable d'élever les deux enfants que j'avais faits à deux mais que j'assumais seule. Tous les jours, quelle que soit ma charge de travail, ils attendaient patiemment la lecture du soir, lovés contre moi, à se rassurer dans mes bras à travers mes histoires, et construisaient ainsi leurs souvenirs. Je me faisais un point d'honneur à ce que mon nouveau déséquilibre n'entachât pas leur sentiment de sécurité. Alors que Raphaël et Louis n'avaient que douze et neuf ans, ils avaient compris que rien ne serait plus comme avant, même si leur cadre de vie ne changeait pas.

« On est une équipe, on doit être soudés et vous verrez, tout se passera bien », leur avais-je promis en caressant les cheveux de Louis qui ressemblait tant à son père, jusqu'au petit épi au creux de sa nuque. Raphaël, lui, m'avait regardée en silence derrière ses lunettes avec ses petits yeux verts, puis avait enfoui sa tête bouclée dans ma poitrine, les bras enroulés autour de moi. En imaginant qu'un jour ils me protégeraient sûrement à leur tour, je sentis les larmes m'envahir. J'essayais d'être forte pour eux, sans réaliser que c'était eux qui m'aidaient à tenir debout. Ils étaient mes piliers, mes moteurs, et pour eux, je devais avancer sans regarder en arrière. Dans quelques mois, je ne verrais plus la photo de famille encadrée au-dessus du piano, j'aurais jeté ou rendu toutes les affaires de mon mari et je commencerais à dormir au milieu du lit. Je m'étais lancée d'arrache-pied dans le travail en espérant juguler ainsi ce marasme émotionnel.

J'avais pris le risque de faire certaines impasses dans mes révisions et craignais le pire. Mais je me rassurai en retournant ma feuille et en découvrant un extrait du magnifique roman de Ian McEwan, *Expiation*, dans lequel la narratrice redonnait la possibilité aux deux amants, qui avaient été damnés par sa faute, de s'aimer pleinement. Pendant la lecture de ce livre, lors de ma préparation, j'avais été émue par cet amour retrouvé au moment où je perdais le mien pour toujours.

Le cinquième jour du concours, lors de la dernière épreuve de traduction, je ressentis soudainement un fourmillement dans mes avant-bras. Je posai mon stylo et essayai de stimuler la circulation du sang en ouvrant mes mains et en les fermant. Je peinais à respirer. Je visualisai le corps inerte de ma mère sur son lit, nos mains agrippées aux siennes et ces murs oppressants qui me suffoquaient. Je pris alors conscience de la présence des autres candidats, emmurés eux aussi dans leur concentration, entourés d'objets divers qui leur donnaient la force de réussir. Je me dévêtis un peu, pris une gorgée d'eau et retirai les boules Quies qui m'aidaient à me concentrer afin de ne plus entendre mon cœur fouetter mes tempes. Il me restait encore deux heures d'épreuve mais je ne parvenais plus à réfléchir ni à écrire quoi que ce soit. Mon cerveau était à saturation, mes yeux ne percevaient plus qu'un amas dense de signes posés sur une page blanche.

L'agrégation ne se terminait pas avec deux heures d'avance, elle était exigeante et chronophage, elle dévorait et consumait. Une copie rendue trop en avance était une production insuffisante, un résultat médiocre. Telle une joueuse de tennis dont les balles ne passaient plus le filet, je fis une dernière tentative de service à la cuillère puis quittai la salle, tête baissée, mon sac à bout de bras dans lequel j'avais renfermé des mois de travail intense.

Je rentrais chez moi avec le sentiment amer d'avoir failli à la promesse que j'avais faite à ma mère. La tension nerveuse accumulée ces derniers jours retomba immédiatement. Je me reconnaissais à peine tant mes joues étaient creuses et mon teint blafard. Mon père était rentré à Aix-en-Provence, et mes fils passaient la deuxième semaine des vacances chez leur père. Il régnait autour de moi un silence étourdissant. Ma pelouse avait poussé et les mauvaises herbes envahi les plates-bandes. Mon jardin était à mon image.

Alors que j'enfilais mes bottes en caoutchouc, assise sur la chaise en fer forgé du petit salon d'extérieur, j'entendis des pas sur les gravillons.

– Tu as vu le tract anonyme dans ta boîte aux lettres ? me demanda ma voisine Jeanne en secouant un bout de papier.

– Oh, tu sais, ça fait longtemps que je ne me précipite plus sur ma boîte aux lettres. Car à part des factures, je ne reçois plus rien qui fasse battre mon cœur.

– Je t'assure que ça risque de le faire battre un peu, regarde !

Je ne compris pas tout de suite de quoi il s'agissait, le cerveau encore embrumé par les longues heures de composition. Il y avait une carte du hameau, quelques mots d'avertissement concernant un projet d'unité de méthanisation qui menaçait notre environnement et la valeur foncière de nos biens.

– Qu'est-ce que ça veut dire ? marmonnai-je en relisant une fois de plus le document en diagonale.

– En gros, les agriculteurs du coin veulent déverser environ quatre-vingts tonnes de bouse et autres déchets verts tous les jours à cinquante mètres de nos maisons pour en faire du gaz naturel, répondit Jeanne.

– Ah oui, ça fait beaucoup !

– En effet, ça laisse songeur ! Il y a une réunion d'information organisée vendredi prochain, je vais aller voir.

– Eh ben, il ne manquait plus que ça, tiens ! Quand tu penses que t'as touché le fond, tu peux encore creuser, visiblement !

– Nous qui voulions vendre la maison pour s'en acheter une plus petite pour nos vieux jours, ça va être compliqué si nos biens ne valent plus rien. Mais bon, on ne va pas les laisser faire ! rajouta-elle en souriant.

Jeanne était de vingt ans mon aînée. Elle avait un port de reine, les cheveux blonds courts, les yeux vifs et le teint toujours hâlé par des heures de jardinage. Elle incarnait à la fois le naturel et l'élégance, la générosité et la détermination. Notre amitié avait commencé sept ans auparavant, le jour où elle s'était arrêtée avec sa petite voiture pour m'accueillir dans le voisinage, alors que je nettoyais mes pinceaux dehors, vêtue d'une salopette de travail éclaboussée de peinture. Notre lien avait été renforcé lors du départ soudain de mon mari. Jeanne m'avait soutenue avec son dynamisme à toute épreuve, ses confitures aux goûts uniques, nos discussions interminables et nos marches par tous les temps. Avec elle, tout était possible, il y avait toujours une solution, ou au moins une explication à tout. Et si nous réussissions à arrêter quatorze agriculteurs soutenus par l'État et la commune qui avaient pour projet de défigurer le paysage et de rendre l'air irrespirable, alors rien ne pourrait plus jamais nous atteindre.

Je regardai Jeanne s'éloigner d'un pas chaloupé puis changeai d'avis pour le jardinage qui pourrait attendre encore un peu. Je rassemblai rapidement mes affaires de piscine, décidée à me vider la tête et ne pas penser à cette nouvelle bataille à venir.

Laissant mes soucis au vestiaire, je me dirigeai machinalement vers les douches où je restai de longues minutes les yeux fermés à savourer l'eau chaude qui dégoulinait sur mon visage. Il faisait encore frais dehors et la piscine extérieure s'était emmitouflée dans un épais manteau de vapeur d'eau. Mes bras traversaient le brouillard puis plongeaient dans l'eau chlorée en rythme, finissant leur mouvement avec un petit geste aérien de la main. Fendant la surface de l'eau, j'épousais la séparation entre l'eau et le ciel avec mon corps, ce qui me procurait une sensation de plénitude et d'harmonie avec les éléments.

Une heure plus tard, drainée de toute tension, je sortis de la piscine extérieure par le sas reliant la piscine extérieure au bâtiment central, et montai les quelques marches, l'eau ruisselant le long de mon corps. J'attrapai mon sac sur les étagères en plastique, dans lequel j'avais mis ma clef de casier cachée dans ma serviette et mes affaires de douche. Arrivée devant mon casier, je plongeai la main dans mon sac. Ma clef ne s'y trouvait pas. Je cherchai à nouveau puis finis par sortir mes affaires une à une sur le banc. Rien. Un courant électrique me parcourut l'échine. Je m'enroulai dans ma serviette puis entrepris de faire le chemin inverse. Crispée et sentant la panique m'envahir progressivement, j'interrogeai la femme de ménage qui à son tour prévint les maîtres nageurs. Une sorte de téléphone arabe qui annonçait une catastrophe.

« Apparemment, elle était au fond de l'eau », m'annonça la technicienne en me tendant ma clef. Étonnée, j'élaborai alors plusieurs scénarios possibles allant du début d'Alzheimer qui m'avait fait oublier que je l'avais accrochée à mon poignet à la voleuse espiègle qui m'avait épiée depuis mon arrivée à la piscine.

En ouvrant mon casier d'une main fébrile, je m'imaginais le pire. Il avait en effet été vidé du téléphone qui appartenait à ma mère et des photos qu'il contenait, du nouveau portefeuille que je venais à peine de m'offrir, avec tous mes papiers, de mes clefs de voiture et de mes vêtements.

Je me retrouvais littéralement dénudée. Je ne savais pas ce qui me vexait le plus ; le vol de mon sac ou le fait qu'ils aient eu la délicatesse de me laisser la pièce d'un euro pour fermer le casier. Affublée d'un jogging trop grand et d'un tee-shirt prêtés par la piscine avec l'inscription « Service Entretien » dans le dos, je cherchai désespérément ma dignité dans les fourrés et les poubelles aux alentours, dans l'espoir que les voleurs se soient débarrassés de mes habits quelque part.

– Tu peux venir me chercher à la piscine ? On m'a volé mon sac ! implorai-je Richard au téléphone de l'accueil.

– Tout de suite !

Richard avait perçu l'urgence dans ma voix chevrotante et s'était contenté d'une réponse concise.

Quand il arriva, je fus presque contente de voir ce mari que je détestais tant. Je l'attendais assise sur un bloc en pierre au bout du parking, les cheveux trempés et les yeux rougis, tenant du bout des doigts les anses de mon sac en plastique comme unique possession. J'aperçus le regard inquiet de mes fils à l'arrière quand son pick-up ralentit à mon niveau. Je n'offrais sûrement pas la meilleure version de moi-même et cela m'attrista davantage.

— On m'a piqué toutes mes affaires... je n'ai plus rien ! lançai-je en montant dans la voiture.

— Je me disais aussi que j'avais des doutes sur ce nouveau look, ironisa-t-il pour dédramatiser la situation.

— Qu'ils prennent l'argent, OK, mais les fringues... c'est limite pervers, non ?

— À l'heure qu'il est, ta petite culotte est peut-être vendue sur le Darknet ! sourit-il, mais je me contentai de lui jeter un œil désapprobateur. Ont-ils les clefs de la maison ? demanda-t-il ensuite plus sérieusement, réalisant que les allusions à ma petite culotte volée n'étaient plus adéquates.

— Non, je les laisse toujours dans la voiture. Et heureusement, elle est toujours là. Il ne manquerait plus qu'on se fasse trucider dans notre sommeil.

— Ça va aller, me rassura-t-il, mettant ainsi un point final à la conversation.

On ne parla plus pendant le reste du trajet. Cet épisode de trêve particulier me perturbait. Je me demandais ce que les garçons pensaient dans leur silence en nous observant tous les quatre réunis en direction de notre longère. J'avais l'impression de vivre quelque chose de familier devenu étranger. Les corps étaient certes en harmonie mais les âmes toujours en discorde.

La journée s'était terminée sur une image de défaite forte et symbolique. J'avais la sensation d'avoir été dépossédée de tout ce qui m'était cher en très peu de temps ; mon mari, ma mère, peut-être ma maison et mon identité. Ma vie ressemblait à un grand pull en maille que j'avais mis des années à concevoir et que l'on détricotait d'un coup. Je réalisais que j'arrivais à une étape charnière où j'allais devoir faire le choix entre colmater les trous d'une existence qui s'effilochait ou commencer un nouvel ouvrage.

6

Prisonnière du Boeing en perdition, j'étais obnubilée par la peur de souffrir lors de l'impact sur le sol, de sentir mes os se briser et mon crâne imploser. J'avais eu très peu l'expérience de la douleur physique, mais je pouvais aisément imaginer que ce qui m'attendait serait sans comparaison avec mes accouchements après vingt heures de contractions ou la double entorse cervicale faite au ski à dix-neuf ans. Je me souvins de ma déception lorsque j'avais vu mon squelette sur la radio. J'avais soudain pris conscience de ma mortalité. Je n'étais qu'un tas d'os et de chair.

Crispée sur mon siège 29B, j'espérais que la fin serait rapide et que je m'éteindrais comme on éteignait la télé. Il paraît que, dans ces cas-là, la mort est immédiate, que le cerveau déconnecte quelque chose, comme on débranche un aspirateur ou une machine à café. Mais personne n'était jamais revenu pour valider ce fait.

La chute était terriblement angoissante, à tel point que j'en venais presque à souhaiter le crash final. « *Qu'on en finisse !* », pensai-je, résignée et fatiguée de cette tension musculaire insoutenable. Je n'en pouvais plus de ce corps qui hurlait de peur.

Malgré le chaos général qui régnait, je parvenais à visualiser avec émotion ce que je ne pourrais plus jamais faire ou vivre. Je tremblais surtout à l'idée de ne pas voir mes enfants grandir, de rater leurs réussites, leurs peines, leurs mariages, leurs médailles, leurs échecs et les enfants qu'ils auraient à leur tour. Ils étaient trop jeunes pour perdre leur mère ; je m'en voulais terriblement de les abandonner ainsi. Je pensais à la tristesse de mon père et de mes frères qui se remettaient à peine de la mort de Claire. Je pleurais bruyamment à présent. Mon corps tout entier était secoué simultanément par les turbulences et les sanglots.

Je détestais l'image de mère que j'allais laisser à mes fils, en prenant l'avion pour rejoindre Alex, l'homme avec qui j'avais enfin retrouvé l'envie d'aimer après tant d'années. Alex était un ancien nageur de haut niveau que j'avais connu plus jeune sur le bord des bassins. J'avais été marquée par son sourire et sa détermination. Lorsqu'il m'avait envoyé un message trente ans plus tard, je n'avais été qu'à moitié surprise car il n'avait jamais été très loin grâce aux réseaux sociaux. Je ne savais pas ce qui l'avait incité à m'écrire ce jour-là plutôt qu'un autre, mais j'avais surtout eu envie de croire que rien n'arrivait par hasard.

Cela faisait quelques semaines que nous nourrissions une relation à distance. Nous passions des heures au téléphone à nous remémorer nos expériences de nageurs, à toutes ces années qui s'étaient écoulées et à autant de souvenirs. Nous pensions que notre histoire aurait le privilège de l'ancienneté et que cela lui donnerait une dimension plus intime, une base plus solide. J'avais préféré me déplacer plutôt qu'il ne vienne me voir afin de protéger mes fils. Je n'avais pas pour habitude de divulguer mes affaires de cœur, par pudeur et par prudence, mais j'avais entrepris de leur parler de cet homme qui avait renoué le contact avec moi de manière inattendue. J'avais toujours souhaité, peut-être à tort, qu'ils me voient uniquement comme leur mère mais c'était en suivant mon cœur de femme que j'allais faillir à ma mission fondamentale. Je m'en voulais terriblement. J'aurais tout donné pour ce dernier coup de fil que l'on accordait même aux pires salauds dans les films.

Je m'étais pourtant juré de ne plus jamais y déroger après le vol traumatisant qui nous avait ramenés de Bali, mon père et moi, où nous avions passé Noël après le décès de ma mère. Je n'avais pas pu parler à mes fils avant d'embarquer, à cause du décalage horaire. Quand l'avion avait commencé à secouer violemment, j'avais alors entrevu la crainte de la mort dans le regard résigné de mon père, lui qui avait dévoué sa carrière entière à l'Aviation civile, lui dont le métier d'ingénieur avait été de designer les systèmes de radionavigation pour les avions. C'était comme si le prêtre s'était mis à douter de Dieu en commençant la messe.

Cette semaine passée à Bali avait pourtant été enchanteresse. Elle m'avait permis de tourner une page de vie après le départ soudain de Richard mais rien ne m'avait laissé présager les secousses à venir.

Assise dans le taxi qui traversait les petites rues de Denpasar, je m'étais délectée de voir les enfants accroupis, les chiens indolents, les marchands d'épices ambulants, les visages enjoués et les mobylettes chevauchées à plusieurs qui se faufilaient avec adresse entre les voitures en pétaradant. Encore bouleversée par les récents événements, j'étais arrivée après plus de seize heures de voyage et sept heures de décalage à Bali où je m'apprêtais à passer Noël en famille réduite. Le nez collé à la vitre, je regardais les gens balayer l'eau accumulée sur leur terrasse et parfois même jusque dans leur cuisine. L'île se remettait à peine d'une tempête dont les trombes d'eau interminables s'étaient infiltrées dans chaque recoin de leur intimité. J'admirais leur résilience face aux aléas de la vie, leur sourire à toute épreuve et leur volonté féroce d'avancer quelles que soient les épreuves infligées par les cieux.

Alors que je montais les nombreuses marches qui menaient à la villa, mon pied glissa sur le marbre encore mouillé. Je me rattrapai de justesse à la rambarde en fer forgé qui courait le long du mur en pierre. Une légère décharge électrique me parcourut le haut du corps. Je parvenais difficilement à venir à bout de cette fatigue qui s'éternisait depuis des mois, telle une chape de plomb.

– Ça va, Madame Muriel ? s'enquit Sao, membre du personnel, qui posa la valise pour m'aider à me relever d'une main timide.

– Oui oui, ça va aller, merci ! répondis-je en marmonnant, la tête encore baissée, quelques boucles me couvrant le visage comme si je souhaitais cacher un état d'ivresse inassumé.

J'humectai mes lèvres, dégageai mes longs cheveux bruns du visage, pris mes tongs dans une main, puis continuai mon ascension.

Le piano à queue en manque de joueur se tenait fièrement au milieu de la pièce. Notre mère n'était plus là pour inonder les espaces infinis de notes classiques. Le personnel de la villa s'affairait à organiser une fête qui ne le concernait pas, bonnets de Noël vissés sur la tête. Bienséance et traditions seraient feintes par tous, cette année-là. Le cœur en défaite, les convives étaient assis au centre de la grande table laquée, coupée dans un arbre centenaire dont les veines dessinaient des milliers de lignes de vie enfouies.

Pensive, je ressentais le vide de la chaise d'à côté, celle sur laquelle Richard ne s'assiérait plus jamais. Je ne tournerais plus la tête pour l'admirer, je ne lui glisserais plus jamais les doigts dans les cheveux, je ne chercherais plus jamais sa main et il n'éviterait plus jamais la mienne. Le silence était devenu plus bruyant que la cacophonie habituelle d'éclats de rire, de tourbillons d'enfants et de cotillons. Cette année, Vincent ne serait pas des nôtres, il n'y aurait pas de fiancée pour Paul, pas d'aimée pour Henri, pas de moitié pour moi. Un Noël en demi-teinte. Des cœurs amputés. Une fête déjouée.

En deux heures, la pintade fut découpée, les cadeaux distribués, les vœux de bonheur partagés et la soirée consumée.

Jim, un ami de Paul, nous rejoignit deux jours plus tard. Le cœur vagabond, il était venu soigner son vague à l'âme, panser ses blessures le plus loin possible de Dublin, et encore plus loin de la femme qui les lui avait infligées.

Terre d'asile, la villa que mon frère avait louée pour les fêtes retrouvait un peu de vie dans les jours qui suivirent. Petit à petit, les visages s'illuminèrent, les activités reprirent et les vacanciers s'activèrent autour de la piscine, avalant longueurs et cocktails.

Le salon ouvert surplombait la jungle, tel un radeau posé sur une mer de végétation dense. Une brise chaude caressait mon visage pendant que j'admirais le soleil qui plongeait inexorablement dans l'océan, ma main droite enroulée délicatement autour d'un large verre de vin rouge. Je ne l'avais pas demandé ; Sao avait anticipé mon envie.

Mes pieds nus étaient posés contre la table basse en bois brut, les orteils s'agrippant légèrement à l'angle. Je promenais machinalement le bout de mes doigts sur ma cuisse gauche, relevant ainsi ma robe de flanelle blanche sur ma peau légèrement hâlée. L'été pour Noël. Sensation agréable d'un plaisir volé.

Jim s'était assis dans le fauteuil à côté de moi ce soir-là. Je posai mes pieds par terre et réajustai le bas de ma robe. Il me tendit un paquet. Surprise, je me dépêchai d'ouvrir le cadeau rectangulaire pour y découvrir une montre connectée. L'objet aux contours épurés et à la couleur noire ne remplacerait jamais la montre de ma mère. Certes la montre moderne pouvait deviner l'état de mon cœur et compiler les musiques qui m'émouvaient, mais elle ne parviendrait pas, d'un mouvement balancier, à faire vivre mes plus vifs souvenirs à l'infini.

Il posa son verre de rhum. Il sentait bon, je décelai des notes boisées de musc. Il portait un pantalon en lin marron, un tee-shirt blanc cassé avec un col en V et un petit panama écru qui mettaient en valeur sa peau couleur chocolat. Penché légèrement en avant, d'un geste mécanique, il faisait tourner son verre avec dextérité, les yeux rivés sur le ciel pourpre.

Nous nous étions toujours vus sans nous regarder, avions toujours échangé des mots de convenance aux anniversaires et soirées mais ne nous étions jamais réellement écoutés. Des étrangers de longue date en quelque sorte. À présent côte à côte, je profitai que sa tête soit tournée vers la mer pour contempler sa nuque, la courbe de ses bras imberbes et deviner le galbe de ses cuisses puissantes. Je ressentis une légère gêne et détournai les yeux. Je bus quelques gorgées de vin pour me donner une contenance.

Le lendemain, en lui achetant une chemise pour Noël, je mesurai alors toute la difficulté d'offrir quelque chose à un inconnu. Je m'arrangeai avec Sao pour qu'elle soit livrée dans sa chambre avec une petite carte de vœux.

Une fois de retour, écrasée par la chaleur, j'enfilai rapidement mon maillot et descendis vers la piscine à débordement qui donnait une impression d'infini et de plénitude. D'un geste rapide, je mouillai mes lunettes de natation, les ajustai sur les yeux en pressant légèrement puis les serrai derrière la tête. Avec une impulsion, je plongeai dans l'eau tempérée de la piscine. Les bras tendus, j'ondulais sous l'eau pour ne ressortir qu'à l'autre bout du bassin. J'affectionnais particulièrement ces moments de glisse et de lévitation, loin des bruits du monde qui m'entouraient et m'assommaient, lestée du poids permanent logé dans mon cœur.

Ma tête était lovée dans mes bras pliés sur le rebord chaud de la piscine, le bas du corps encore immergé dans l'eau, ballotté par les vaguelettes de la piscine. Mes paupières se fermaient doucement et je me laissais bercer par les rayons de soleil qui me léchaient le visage.

Un bruit de pas me sortit de ma douce somnolence. Sao se tenait devant moi avec un petit plateau et une feuille pliée.

« Madame Muriel, un message pour vous. De Monsieur Jim », dit-elle avec des yeux rieurs témoins d'une scène qui aurait pu être tirée d'un roman de Marguerite Duras. Je poussai sur mes bras pour sortir de la piscine, m'assis sur le rebord et m'empressai de saisir la lettre. Sao fit un léger mouvement de tête, les mains jointes devant son visage puis partit à petits pas rapides, amusée.

« *Je te remercie pour le cadeau que je découvre à l'instant. Tu n'étais pas obligée. L'intention me touche beaucoup mais si je dois être parfaitement honnête avec toi, j'aurais plutôt préféré une chemise d'homme plutôt que d'ado branché. Ah, et aussi elle est trop petite. Si d'aventure tu avais envie de piquer une nouvelle suée au centre commercial, je préférerais une chemise comme celle que tu as offerte à ton père pour Noël. Jim.* »

Je tournai la feuille d'un geste vif pour vérifier qu'il ne s'agissait pas d'une erreur ou que le vrai message ne se trouvait pas de l'autre côté. Je plongeai ma main gauche dans l'eau puis laissai les gouttes retomber sur le papier ; l'encre se dilua, les mots devinrent des taches bleuâtres et le message prit une forme vaguement impressionniste.

Jim lisait tranquillement sous le parasol au bord de la piscine entourée de plantes exotiques, une jambe tendue et l'autre repliée. Il portait un maillot short rouge et sa peau ambrée reluisait légèrement. Je l'aperçus du salon qui surplombait le jardin. Je l'observai quelques instants, les mains serrées sur la rambarde, puis je dévalai les marches jusqu'à lui.

« Tiens, ta chemise d'homme, j'espère que tu seras à la hauteur ! » lui lançai-je en posant son paquet sur la table snack collée à son transat en rotin synthétique. Je n'attendis pas de voir sa réaction mais me délectais de l'imaginer. Je savais qu'il allait me regarder m'éloigner derrière ses lunettes de soleil, alors je pris soin de ne surtout pas me retourner. Je marchais d'un pas décidé, une esquisse de sourire aux lèvres.

Pendant le déjeuner, j'essayai de paraître la plus naturelle possible afin de clore l'incident.

« J'ai loué quelques jet-skis cet après-midi. Qui vient ? » demanda Paul en se servant des crevettes au curry rouge.

Nous nous tenions tous sur la plage pendant qu'on nous expliquait comment manœuvrer les bolides et nous rappelait les mesures de sécurité. J'étais un peu incommodée par l'odeur de sueur des centaines de touristes avant moi, imprégnée dans le gilet de sauvetage rouge délavé. Mon frère et mon père partirent à toute vitesse. En un instant, je me retrouvai seule avec Jim.

– J'ai peut-être été un peu ambitieuse. Je ne suis pas sereine à l'idée de piloter ce truc toute seule.

– Je t'emmène, si tu veux, répondit-il en s'asseyant sur l'engin.

Surprise par l'accélération soudaine, je lâchai les poignées arrière et enroulai mes bras autour de lui. Il jeta un coup d'œil par-dessus son épaule en rigolant.

– Prête ?

Je fermai les yeux pendant que Jim enchaînait *donuts* et accélérations dans les vagues, sans se préoccuper de mes lombaires endoloris. Je le suspectais de vengeance et d'y prendre un certain plaisir. Quand le calvaire fut enfin terminé et que je pus arrêter de hurler intérieurement, j'empoignai mon sac et m'empressai de rejoindre le minibus qui nous ramènerait à la villa. Lasse, la tête contre le siège arrière, vitre relevée, j'observais du coin de l'œil la serviette que Jim enroulait autour de sa taille afin d'enlever son maillot short mouillé. Je remarquai ses abdominaux qui se contractaient avec ses rires et les muscles de son dos alors qu'il essuyait l'eau salée dans ses cheveux. Au moment où il se rapprocha du minibus, je me souvins que j'étais vexée et repris ma moue boudeuse.

Il s'assit en face de moi, dos à la route, légèrement tourné vers Paul, se remémorant les sauts dans les vagues, mimant les gestes avec amplitude. Je roulai les yeux au ciel puis les dirigeai vers les scènes de rue qui défilaient. Un mouvement de freinage soudain ramena inévitablement mon attention vers Jim, puis son torse, la main qu'il passait nonchalamment sur sa poitrine et la serviette entrouverte où je pouvais deviner son intimité.

Le ciel était dégagé le soir du Nouvel An. Le vent étant tombé, les traditionnelles lanternes en papier purent être allumées. Alors que la mienne commençait à flotter dans les airs, je fis le vœu de retrouver l'amour. Jim s'approcha de moi et me tendit un verre de champagne. « Bonne année ! » me dit-il en souriant. Elle ne pouvait qu'être meilleure, songeai-je en fixant une nouvelle fois les points lumineux qui s'éloignaient pour se confondre avec les étoiles.

Nous nous étions ensuite tous dirigés vers le salon bar qui se trouvait au sous-sol de la villa. Sur la gauche, des lanternes rouges suspendues éclairaient le bar d'une lumière tamisée. Quatre chaises hautes en bois laqué étaient disposées en enfilade le long du bar. Des canapés rouges encadraient la piste de danse couleur acajou, offrant aux invités une atmosphère feutrée et intime.

L'écran géant s'alluma et Paul y fit défiler une liste de musiques, puis il prit le micro et se lança dans quelques chansons ambitieuses en modulant sa voix. Jim se tenait à ses côtés en balançant sa tête en rythme, tenant son verre de champagne qui semblait ne jamais désemplir. Il lui emboîtait le pas quand l'alcool lui en donnait le courage.

Paul me fit un signe m'invitant à chanter avec lui. Il se tenait à côté de moi et me souriait avec la complicité qu'on avait toujours eue, même s'il vivait encore à Dublin et que je n'y habitais plus. Il nous avait fait venir en Irlande où il avait créé son premier fonds d'investissement. Il nous avait offert un poste, espérant ainsi partager une tranche de vie avec nous. Sa générosité n'avait cependant pas empêché Richard de se lancer dans une longue série d'infidélités, mettant en péril notre couple et notre avenir professionnel. Paul avait tenté de m'avertir de ses indiscrétions, mais j'avais préféré croire ce mari que j'aimais aveuglément et quitter Dublin définitivement pour nous installer en Bretagne.

Avec un regard complice, je glissai mon bras autour du coude de mon petit frère dont le charisme et l'assurance me réconfortaient. Paul me tendit le micro et pianota « Lost on You » sur le clavier, une chanson que j'affectionnais particulièrement, puis s'éloigna pour laisser mes émotions exulter.

« Je ne la connais pas celle-là », me dit Jim qui n'avait pas quitté la piste et s'était rapproché de moi. Alors que je sautillais au moment du refrain, il rapprocha sa tête et chantonna en chœur. Sa voix était juste, chaude et profonde. Nos corps se modulèrent et commencèrent à tanguer à l'unisson. Il posa sa main autour de ma taille. Je sentis la pression de ses doigts à travers la dentelle noire de ma robe, et son souffle près de mon visage. Je l'imaginais promener sa main et remonter ma robe, me plaquer contre le mur et me susurrer son désir.

Quand je me retournai à la fin de la chanson, je réalisais que nous étions seuls.

7

Allongée dans mon lit, les yeux rivés au plafond, je fixais les pales sombres du ventilateur tournoyer au-dessus de ma tête.

Un son retentit et me sortit de ma rêverie. Un point de lumière attira mon regard sur la table de chevet. « Je n'arrive pas à dormir. Si tu as envie d'un dernier verre... » s'était affiché sur l'écran de mon téléphone.

Je me redressai sur les coudes, soufflai doucement pour calmer les palpitations soudaines de mon cœur qui ne s'était pas emballé depuis si longtemps. Une sensation de chaleur m'envahit, ma peau encore parfumée devint légèrement moite. Je repoussai mes draps d'un mouvement bref et posai mes orteils sur le sol frais. Je raidis mes bras sur le bord du lit, le dos voûté puis balançai ma tête en arrière dans un soupir langoureux.

Vêtue d'une nuisette moirée couleur crème, j'arpentais les dalles de la salle de bains d'un pas pressé en relisant le message que Jim venait de m'envoyer.

Debout devant le miroir, je pris le temps de décrypter mon reflet. Je remarquai un visage entouré de boucles brunes désordonnées, des cernes perceptibles, des pommettes rougies, des taches de rousseur mouchetant le haut de mon buste et des petits seins flirtant avec la soie de mon décolleté. Je ne voyais pas la mère, l'épouse, la fille ni la sœur. Je voyais la femme.

J'ôtai ma nuisette et mis une robe d'été en coton, je soulevai mes cheveux puis les attachai en un chignon souple. Je pris la petite fiole d'huile de santal posée près de la vasque et en versai quelques gouttes au creux de mes mains que je frottais doucement sur mes bras, ma nuque et ma poitrine.

Soudainement, je m'arrêtai net, me déshabillai, je détachai mes cheveux puis me glissai à nouveau sous les draps, nue et recroquevillée sur le côté, le drap me couvrant entièrement. Au bout de quelques secondes, je découvris mon corps en rejetant le drap. Le vent brassé par le ventilateur me caressait les jambes et le ventre, mon bras droit était replié sur ma poitrine, le bras gauche étendu et la main hors du lit serrait mon smartphone. Je le redressai légèrement et lus le message une fois de plus.

Je saisis mon téléphone à deux mains et écrivis : « Je ne sais pas si c'est raisonnable... », puis j'effaçai mon message. J'enfouis mes yeux dans mon coude. Je reformulai mes pensées. « J'ai peur... » J'appuyai immédiatement sur la touche retour quatre fois pour remplacer le dernier mot par « envie » ; substitut à peine plus long mais chargé de volupté intense. L'envie de m'abandonner, de ne pas réfléchir, de ne pas culpabiliser, de ressentir, d'aimer, d'être libre, vivante.

Je pianotai rapidement : « J'arrive ! » Je mordis ma lèvre inférieure et souris de ma folie passagère. J'enfilai le peignoir accroché au mur de la salle de bains et fis coulisser la porte-fenêtre le plus discrètement possible. Pressée de vivre pleinement, je me mis à courir, pieds nus jusqu'à la chambre de Jim, n'ayant comme témoins que les étoiles et les bruissements complices de la jungle.

Quand il m'aperçut, il se mit à rire. « Je commençais à me dire que tu t'étais endormie ! »

Je m'approchai de lui à pas rapides et, sans hésiter davantage, je lançai mes bras à son cou et l'embrassai passionnément. Il m'étreignit et me souleva. J'enroulai mes jambes autour de sa taille puis il ferma la porte derrière nous.

Le lendemain matin, lorsque j'ouvris les yeux, je promenai mes doigts dans le lit pour m'assurer que j'étais bien retournée dans ma chambre et que ma main ne rencontrerait pas le corps endormi de mon amant. Sans corps, il n'y aurait pas de preuve.

Je me souvins de nos jambes entremêlées, de nos doigts enchevêtrés, de nos langues exploratrices, de nos soupirs, de l'intensité de notre corps à corps et de mon départ précipité. J'avais perdu l'habitude de dormir près d'un homme autre que mon mari. J'avais ceinturé mon peignoir blanc sur le bord du lit, tournant le dos à Jim qui me regardait avec circonspection, une jambe repliée sur le côté, le drap le couvrant en partie et un bras sous la tête. J'avais fait un nœud avec mes cheveux à la hâte, lui avais souhaité une bonne nuit du bout des lèvres, m'étais enfuie de la scène de nos ébats en courant puis m'étais endormie rapidement pour oublier. Peut-être qu'en fermant les yeux tout disparaîtrait, tout s'annulerait, avais-je espéré.

Pourtant, je le sentais encore sur ma peau devenue si tendre et douce. Je ne pouvais ignorer mes muscles légèrement endoloris, mes lèvres gercées et mes joues rougies par le frottement de sa barbe naissante. Il avait parsemé mon corps de nombreuses preuves sensuelles.

Jim était assis à la table du petit déjeuner, contrairement aux jours précédents où il avait profité de sa terrasse. J'hésitais entre le rejoindre et ainsi valider mon escapade de la veille, ou dévaler les marches qui m'éloigneraient de lui vers la piscine.

– J'ai commandé tes fruits préférés, me lança-t-il en se retournant à peine, ce qui m'arrêta net dans mon délit de fuite.

La pause dans la pause.

– Les mangoustans, c'est bien ça ?

Je m'assis en face de lui. Je remarquai qu'il portait la chemise que je lui avais offerte.

– Bien dormi ? me demanda-t-il, espiègle.

– On dira que ma nuit fut mouvementée, lui répondis-je en saisissant l'assiette de fruits.

– Tu parles du fait de courir nue sous ton peignoir dans l'obscurité ?

J'esquissai un sourire derrière ma tasse de thé.

– Je ne sais pas ce qui m'a pris !

– Tu regrettes ?

– Encore une belle journée, dis-je en regardant autour de moi. Ça te dirait d'aller à la plage ?

L'après-midi fut une addition inattendue de baisers, de vertige et de fous rires. Nous avions siroté un jus de noix de coco au Jungle Café, perché à cinquante mètres du sol et accessible par un petit pont étroit en cordes tissées qui tanguait à chacun de nos pas. Nous avions dévalé à scooter les pentes aussi abruptes que soudaines, évité les nids-de-poule géants et les piétons téméraires, zigzagué entre les voitures et leurs chauffeurs zélés, le corps abandonné, ma tête posée contre lui. Je m'étais laissé tenter par des mets improbables, l'avais suivi comme une aveugle dans les allées du marché couvert, mes doigts entre les siens, répondant aux sourires d'enfants assis près des étals colorés et parfumés, admirant la dextérité des pêcheurs qui réparaient leurs filets avant de repartir chevaucher les mers.

« Encore une belle journée. Tu avais raison », me susurra-t-il en me serrant contre lui et profitant des derniers rayons de soleil.

Une fois rentrés à la villa, il posa son casque sur le siège du scooter : « Vas-y d'abord, je ne veux pas que ça fasse louche. »

Cette phrase me fit l'effet d'une douche froide. Sonnée, je ne répondis pas. Je me retournai puis me dirigeai vers ma chambre pour me préparer pour le dîner. Quand je réapparus, ils étaient tous attablés. J'avais dû perdre la notion du temps.

– T'es belle, ma chérie, s'exclama Paul. Ça valait le coup de t'attendre !

– Très belle ! confirma Jim en amenant son verre à ses lèvres.

J'avais perdu l'appétit. Je ne sus comment camoufler ma déception et m'excusai avant le dessert. Une fois dans ma chambre, j'enlevai mes boucles d'oreilles, les posai dans la petite boîte en acajou près du lavabo et me démaquillai avec des gestes saccadés. « Quelle idiote ! » lançai-je à mon reflet dans le miroir qui me regardait, le front plissé et les yeux humides. C'est à ce moment-là que Jim frappa à la porte.

– Je suis désolé si j'ai été maladroit, me dit-il en cherchant ma main. Laisse-moi t'expliquer.

Je reculai de deux pas et lui fis signe de rentrer.

– Je n'avais pas prévu tout ça entre nous. Ton frère est un ami, que va-t-il penser de moi ? m'expliqua-t-il en essuyant une de mes larmes avec son pouce.

– Un peu tard pour se poser la question, non ?

– Peut-être mais tu ne peux pas m'en vouloir d'y réfléchir. Je viens de me séparer, je suis venu ici pour m'éloigner de tout ce bazar, et... je n'ai pas imaginé une minute que les choses tourneraient ainsi. Pourquoi ne pas profiter, et prendre les choses comme elles viennent ?

Son discours me parut lâche, et pourtant c'est moi qui manquai de courage ce soir-là en le laissant renouveler l'étreinte de la veille. Malgré notre promesse de discrétion, nos petits déjeuners en tête à tête pris à contretemps avec les autres, nos escapades à répétition et nos regards complices trahissaient l'évidence de notre idylle.

« J'ai demandé à ton frère s'il ne voyait pas d'inconvénient à ce que je t'emmène en week-end à Paris, qu'en dis-tu ? » pouvais-je lire après avoir atterri à Paris.

Tout le long du voyage, j'avais essayé de ne pas assimiler les vents contraires qui m'avaient tant éprouvée lors du vol Bali-Singapour au mauvais augure d'un avenir impossible avec Jim. Mais son message me rassura. Le décompte des jours pouvait alors commencer. L'attente me donnait la force d'affronter les souvenirs qui hantaient la maison récemment désertée, le tourbillon d'enfants et de tâches ménagères, le travail accumulé et la réalité quotidienne. Je ne subissais plus les réveils abrupts ni les nuits esseulées, la douleur vive que j'avais ressentie dans mon utérus pendant des mois à l'idée que Richard préférât celui d'une autre avait été remplacée par une chaleur érotique à présent non censurée puisque, dans dix jours, je rejoindrais les bras attentionnés de Jim à Paris.

Il m'attendait dans un canapé en cuir blanc au bar de l'hôtel, les jambes croisées, un livre à la main et une théière posée sur la table brune. Quand il m'aperçut, il se leva en souriant, prit mon visage entre ses mains et m'embrassa tendrement. Si je devais mourir, je voulais mourir ainsi, le corps en apesanteur et les lèvres imbriquées dans les siennes.

Le thé devint vite tiède et les amants qui bouillonnaient en nous s'échappèrent dans leur chambre. J'avais à peine ôté mon manteau, qu'il me saisit par la taille, glissa ses mains sous mon chemisier et le releva. Du bout des doigts, il découvrit mon sein et promena sa langue autour de mon mamelon, tout en descendant l'autre main entre mes cuisses. Alors que nos respirations s'emballaient et ses gestes se précipitaient, il me souleva afin de faire décoller mes pieds du sol. Un genou placé entre mes jambes, il enleva son tee-shirt gris à manches longues. Je me redressai, déboutonnai son jean et y glissai mes doigts tout en le tirant vers moi.

« Dis-moi quels sont tes fantasmes, je veux tous les exaucer », me souffla-t-il à l'oreille en me mordillant le lobe. J'étais muette de désir. Debout, les mains plaquées sur le grand miroir, telle une spectatrice éberluée, j'assistais à une scène où un homme autre que mon mari caressait ma poitrine et mon ventre, ondulait son corps contre le mien et promenait sa langue dans mon cou. Les yeux rivés sur notre projection érotique, j'admirais le contraste de couleurs de peau, l'harmonie des corps et la symphonie des soupirs. Je fus ramenée dans l'instant présent par la sonnerie insistante du téléphone près du lit. Jim finit par décrocher.

Il m'emmena dans un restaurant étoilé, sans afféterie, déguster feuillantines de langoustines, carrés d'agneau de Lozère en croûte de poivre gris et tartes fines sablées au cacao amer ; un mélange de terre et de mer accompagné de vins sublimes affûtant notre appétit et notre passion. Portant une robe courte rouge, je prenais plaisir à le déstabiliser du regard. L'élégance démodée de Jim lui donnait un air sérieux et aristocrate que j'avais envie de déranger comme on ébouriffe la tête d'un enfant bien coiffé. Plus il me réprimandait et plus je devenais mutine.

Nous avons ensuite décidé de marcher un peu avant de prendre un taxi jusqu'à l'hôtel.

– Et si on faisait l'amour dans une petite ruelle ? Regarde, celle-là me semble parfaite ! m'amusai-je en tirant sur son bras.

– Et c'est comme ça que je finis mon week-end en garde à vue ! répondit-il en riant.

– On ne se fait pas arrêter pour ça, et à cette heure-ci les enfants dorment. Allez, viens !

– C'est exactement comme ça que finit un homme noir qui fait l'amour à une femme blanche dans la rue ! asséna-t-il plus sérieusement.

Il héla un taxi qui passait rue de Rivoli puis nous fîmes le reste du trajet jusqu'à l'hôtel sans parler. La tête sur le côté, je regardais les appartements encore éclairés et j'essayais de deviner ce qu'il s'y tramait. Drame ou bonheur, fin ou début d'amour, livre ou film, les possibilités se multipliaient à l'infini.

Il s'endormit tout de suite après l'amour, un bras autour de moi, m'immobilisant sur le dos, les yeux grands ouverts dans l'obscurité. J'aurais aimé ressentir davantage son émotion, mais la pression du bras de Jim sur mon estomac révélait un autre poids ; celui de l'angoisse d'un amour mort-né.

Le lendemain matin, j'eus envie de lui avouer que nos corps étrangers me mettaient encore mal à l'aise, que j'avais peur qu'il se lasse, et que nos départs et l'attente de nos retrouvailles me pesaient terriblement. Mais je préférai ne pas lui confesser mes doutes et favoriser une impression de maîtrise et de légèreté. Je posai mes lèvres tendrement sur les siennes en gardant les yeux ouverts et lui proposai de commander le petit déjeuner.

L'après-midi, déambulant dans Paris, main dans la main, nous ne faisions qu'un. Une balade ponctuée de gourmandises. Je l'observais pendant qu'il admirait les tableaux d'art moderne de la collection Chtchoukine à la Fondation Louis-Vuitton. Là où je ne voyais que des corps volumineux dégageant une certaine mélancolie, je me demandais ce que son œil esthète déchiffrait à travers les courbes des femmes nues de Tahiti peintes par Gauguin. Amateur d'art, Jim vouait un intérêt particulier à ces chefs-d'œuvre emblématiques dont l'exposition avait été interdite par Staline au titre de la lutte contre « l'art bourgeois ». J'aimais son originalité, sa culture et son rire contagieux mais je redoutais sa complexité, sa fougue et son indépendance. Jim remplissait une pièce à lui tout seul et je me demandais comment j'allais réussir à exister auprès de lui.

J'aurais pu enterrer notre idylle à Bali, la considérer comme un amour de vacances ou une phase de transition nécessaire pour panser la douleur de ma rupture. Mais je sentais que je m'attachais à lui, à ses appels quotidiens, à sa bonne humeur et au bien-être que tout cela me procurait.

– Je ne suis pas allé au bureau aujourd'hui, me dit-il au téléphone le lendemain soir.

– Ah bon, pourquoi ? Es-tu malade ?

– Tout cet amour m'a déprimé.

Sa remarque me fit l'effet d'un os dans la tourte. Et pourtant, malgré le doute grandissant, j'acceptai de le rejoindre à Dublin où mon frère nous avait invités pour ses quarante ans.

Après une belle journée dans le Georgian Quarter, à flâner dans les boutiques et à admirer la dernière exposition au musée irlandais d'Art moderne, nous étions rentrés chez lui pour nous préparer pour la soirée. Alors que nous allions quitter son appartement, Jim s'arrêta net.

– Prends le taxi, je te rejoindrai un peu plus tard. J'ai un truc qui vient de tomber pour le travail, une urgence, me dit-il en pianotant rapidement sur son téléphone, l'air inquiet.

– Je peux t'attendre, si tu veux. Ce n'est pas grave si on a un peu de retard.

– Non, vas-y. C'est l'anniversaire de ton frère, tu ne peux pas être en retard. Le taxi ne devrait pas tarder, répondit-il en posant son manteau sur son canapé. Je n'en aurai pas pour longtemps.

Je me tenais maladroitement devant lui dans l'embrasure de la porte d'entrée, là où il m'avait fait une place dans sa vie ; pas totalement à l'intérieur et pas tout à fait dehors.

– Je ne veux pas que l'on pense qu'on est ensemble, avoua-t-il enfin. Tu comprends ?

– Non, pas vraiment.

Je le fixais, les lèvres pincées, en espérant qu'il élabore davantage sa pensée. Mais le taxi se gara dans la rue.

Jim nous rejoignit une heure plus tard, solaire et élégant. Il était vêtu d'un costume de designer et de lunettes de vue imposantes. Il prit le temps de saluer quelques convives et de partager rires et anecdotes avec eux, pendant que je feignais de m'intéresser à la conversation entamée avec un de mes anciens collègues de bureau. Jim m'ignora jusqu'au dîner, évitant délibérément mon regard.

– Tu fais la tête ? m'enquis-je.

– Je t'avais demandé d'être discrète. Au moins deux amis de ton frère m'ont taquiné à ton sujet, répondit-il sèchement.

– Je n'ai rien dit du tout ! C'est sûrement Paul qui a dû leur en parler. Après tout, en lui demandant formellement si tu pouvais me revoir, il avait toutes les raisons de penser qu'on était ensemble ! D'ailleurs, comme tu peux voir, il nous a placés à table l'un à côté de l'autre.

Jim restait muré dans son silence, imperméable à mes paroles. Au bout de quelques minutes, lasse de son attitude, je décidai de ne pas me gâcher davantage la soirée et me tournai légèrement vers le groupe de personnes à ma droite. Je ne souhaitais pas être la femme non officielle, celle que l'on consommait mais que l'on dissimulait en public, celle que l'on désirait mais dont on avait honte. Alors que le dessert venait d'être servi, je rejoignis Paul et ses amis à la table principale.

– Essaie de t'amuser, m'avait-il dit en voyant ma mine dépitée. Crois-moi, être heureuse est la meilleure des revanches que tu puisses avoir sur les autres et sur la vie de manière générale, m'assura Paul en m'embrassant délicatement sur la joue.

– Tu as raison. Je vais aller danser, ça va me changer les idées !

Je me levai pour me faufiler jusqu'à la piste de danse. Je ne pus m'empêcher un peu plus tard de balayer la salle du regard après avoir remarqué que Jim n'était plus à notre table, mais je ne le trouvai nulle part. Il était probablement parti, et je sus à cet instant précis que je ne me réveillerais pas dans ses bras le jour d'après ni les suivants. Je continuai malgré cela à danser dans l'espoir de dissimuler ma peine et d'exorciser tant bien que mal son emprise sur moi.

De retour en Bretagne, la défection de Richard devint à nouveau palpable. La photo de nous quatre me narguait au-dessus du piano, laissant planer une fois de plus le fantôme de notre mariage.

– Mais qu'est-ce que tu fais, maman ? demanda Louis alors que je décrochais du mur la photo familiale.

– Je n'ai plus envie de la voir.

– Mais c'est la photo de nous !

– Les choses ont changé, Louis, le « nous » d'avant n'existe plus !

Sa tristesse était réelle, je rajoutai alors en changeant de ton :

– Mais si tu le souhaites, on peut la mettre dans votre chambre, qu'en penses-tu ?

Louis hocha vivement la tête, rasséréné.

Le lendemain matin, je m'efforçai de faire bonne figure devant mes élèves, supportant moins bien les cris et les effronteries de la centaine de gamins dont j'avais la charge quotidiennement. Lors du dîner avec mes fils, j'observai avec tendresse ces deux petites têtes ébouriffées et repues de leur journée d'école qui ne se souciaient pas de la femme en face d'eux. Pour eux, je devais m'habiller d'un sourire et m'armer de patience tous les jours. Il ne serait pas aisé de remplacer Richard et de combler le vide immense qu'il avait laissé dans mon cœur et dans nos vies. Mais de la même façon qu'il faudrait trouver la force d'avancer coûte que coûte, je devais me préparer à d'autres échecs amoureux potentiels. Je me rassurai alors en me disant que, avec le temps et les gestes routiniers, la douleur d'une nouvelle séparation deviendrait supportable et que, au bout de quelques mois, je n'entendrais plus le rire de Jim résonner et je n'attendrais plus ses appels.

Mourir en avion semblait brutal et pourtant, notre existence est teintée de violence et parsemée d'accidents. On *tombe* amoureux, on *tombe* enceinte ; il y a là quelque chose de terriblement accidentel et incontrôlable. Se pouvait-il alors que la souffrance issue d'une passion amoureuse soit la conséquence d'une simple tournure lexicale ?

8

Je me souvins d'un soir de Noël lorsque mon fils Louis m'avait interrogée sur l'existence du Père Noël.

– Veux-tu vraiment le savoir ?

Il avait hoché la tête, inquiet.

– Non, mon ange, il n'existe pas, lui avais-je dit en le rapprochant de moi.

– Je me disais aussi que c'était bizarre, les paquets avec les noms de marques dessus...

J'avais pris le soin d'emballer avec du papier cadeau les présents des enfants mais pas ceux des adultes, comme pour souligner davantage la rupture évidente de croyance entre les deux générations. Je m'en voulais d'avoir été laxiste cette fois-ci, sûrement par paresse, mais peut-être aussi parce qu'il était temps qu'il connaisse la vérité. Avant que ses copains de classe ne le lui annoncent de manière abrupte. Avant qu'il ne perde confiance en moi.

– Mais pourquoi raconter des mensonges ?

Il avait éclaté en sanglots. Je l'avais serré dans mes bras avec émotion.

– Ce n'est pas vraiment un mensonge, juste une façon d'embellir la vie et de rêver le plus longtemps possible.

Comment expliquer le fait que, malgré sa déception, Louis raconterait sûrement la même légende à ses enfants ? Pourquoi perpétuions-nous cette désillusion à travers ces contes romancés ? Sûrement parce que même si nous devenions moins naïfs avec le temps, il était difficile d'avancer sans croyance et sans magie. La vie devenait alors vide de sens sans cette promesse ultime qu'était l'espoir ; cet espoir de vivre qui nous animait tous dans cet avion en perdition, et l'espoir d'aimer qui m'y avait installée.

J'avais espéré que cette explosion de joie intérieure, cette énergie exaltante que j'avais commencé à ressentir pour Alex serait le garant d'un amour certain et non pas une nouvelle manifestation trompeuse du mythe du Prince Charmant. Et pourtant, j'allais m'écraser au sol avant de pouvoir valider ou infirmer cette interprétation.

J'avais toujours été intimement convaincue que les grands sportifs n'avaient pas peur du sacrifice ou de souffrir, et pour autant, je n'avais pas la certitude qu'Alex relèverait le défi. Je n'avais aucune garantie qu'une histoire d'amour avec un ancien champion ait plus de chance de fonctionner qu'une autre. Les athlètes étaient souvent égoïstement happés par leur préparation physique et laissaient la lourde charge aux autres de se soucier de l'aspect matériel de leur passion. Comment espérer qu'un athlète de haut niveau, consacrant ses journées à pousser son corps à bout, ait l'énergie de faire les devoirs avec son enfant ? Comment s'attendre à ce qu'un sportif ayant connu l'adrénaline des compétitions, brisé des records et frôlé la perfection, puisse se contenter d'une vie de couple ponctuée par les repas à préparer et les lessives à étendre ? Si la vie de couple était difficilement compatible avec la vie d'athlète de haut niveau, alors qu'espérer d'une histoire d'amour avec un ancien olympien dont les performances et les rêves étaient des reliques du passé ? Je n'étais pas certaine de pouvoir réveiller en lui la même ferveur qu'il avait un jour ressentie pour son sport, mais j'espérais ne pas être reléguée au placard comme un vulgaire lot de consolation.

Alors certes, mon vol n'arriverait peut-être jamais, mais ainsi je n'aurais jamais à subir l'humiliation de sa lassitude.

Mon frère Paul, lui, n'avait jamais perdu espoir en l'amour et s'était remarié cet été dans le sud de la France où il avait emménagé après de nombreuses années passées dans la grisaille dublinoise. Claire avait juré de ne pas venir s'il se mariait à nouveau. Les circonstances étaient telles qu'elle n'aurait plus à se poser la question et Paul n'aurait pas à s'en indigner.

« Je suis un éternel romantique, m'avait-il dit en espérant ainsi justifier ce nouvel engagement hâtif. Et si je me trompe, je serai triste quelque temps, puis je me relèverai, comme d'habitude. » Plus qu'un éternel romantique, Paul était un éternel optimiste. Il avait obtenu tout ce qu'il voulait dans sa vie, grâce à son intelligence et à sa pugnacité. En tant que trader chevronné, il était capable de prédire les fluctuations d'un marché financier parfois opaque, et en recevant les honneurs à l'Université d'Oxford lors de ses études de physique quantique, il se classait parmi les hommes les plus brillants. Il était capable de comprendre l'infiniment petit, de se projeter dans les chiffres les plus abstraits, mais l'amour restait encore son inconstante. C'était sûrement parce que l'amour était un mystère indéchiffrable, qu'il n'y renonçait pas.

J'avais parfois du mal à réaliser que cette petite tête d'ange blond était devenue un homme dont je ne serais plus l'héroïne. Pendant très longtemps, nous avions été inséparables, comme des jumeaux. Il n'y avait pas une bêtise que j'avais faite à laquelle il n'avait participé, il n'y avait pas une fessée que j'avais reçue qu'il n'avait partagée, il n'y avait aucun souvenir de jeunesse dans lequel il n'apparaissait. Mes parents avaient eu le plus grand mal à nous imposer des chambres séparées et ne parvinrent jamais vraiment à mettre fin à nos secrets et nos éclats de rire, même à travers le mur. Je n'étais que sa sœur et pourtant, chacune de ses épouses m'avait considérée comme une rivale de poids. Il choisissait toujours le même genre de femme. Et au bout de deux ans, Paul finissait par se lasser de la routine, mais pas de l'Amour. Plus qu'une épouse, il cherchait sans se décourager à revivre la flambée d'adrénaline des débuts.

J'en vins à me demander si l'on n'avait pas tous un style de femme ou d'homme et si nous ne choisissions pas des personnes qui existaient déjà dans notre inconscient...

Les échecs amoureux n'étaient peut-être pas le fruit du hasard, mais la conséquence d'un mauvais choix que nous renouvelions sans cesse. Ma mère aurait voulu que j'épouse un homme d'un bon statut social qui me traiterait comme une princesse, or, bien souvent, ces hommes-là étaient âgés, bedonnant et ennuyeux. Alors j'avais surtout choisi des hommes beaux, sportifs et égocentrés, que je maternais sans le vouloir, qui finissaient par étouffer et me quitter.

– Muriel, je voulais te prévenir que Jim est invité et qu'il sera accompagné, m'avertit Paul en se séchant les cheveux après avoir fait quelques longueurs dans la piscine de l'hôtel où allaient se tenir les festivités du mariage le soir même.

Je ne répondis pas.

– Il vient avec son ex... ajouta-t-il, une fois la tête dégagée de sa serviette.

Je pensais que cette information me ferait de la peine, mais en imaginant Jim au mariage de mon frère avec à son bras son ancienne compagne, je compris que son amour infini pour cette femme l'avait empêché de donner une chance au nôtre. Jim n'était plus un mystère, mais un homme qui ne pouvait pas en aimer une autre.

– Tu finiras par trouver, ne t'inquiète pas. T'es une belle femme, mais pour ça, il faudrait que tu sortes de ton trou en Bretagne. Ce n'est pas en te cachant entre les vaches et l'unité de méthanisation que tu vas y arriver, me lança-t-il sur un ton sarcastique.

– Ce n'est pas aussi simple que ça. Il m'est impossible de vendre ma maison à cause de l'usine, et je suis coincée avec mon travail. C'est compliqué de bouger, je n'ai pas assez de points pour être mutée ailleurs, à part Créteil... Et puis les enfants...

– Écoute, t'as passé le concours pour faire plaisir à maman, elle n'est plus là pour voir, alors vis un peu ta vie ! T'as quarante ans passés, faut profiter ! Si tu le souhaites, je peux t'aider.

Il me fixait avec ses yeux bleus intenses.

– M'aider ?

– Choisis une ville où tu aimerais vivre, prends-toi un appart où tu serais bien avec les garçons et je t'aiderai jusqu'à ce que tu trouves une nouvelle activité qui te plaise. Même pour Raphaël et Louis, ils auraient plus d'opportunités dans une ville comme Paris que dans ton petit village. Tu sais très bien que je serai toujours là pour toi, ma cocotte.

– Ça paraît simple, énoncé comme ça, mais ça me gêne de dépendre de toi à nouveau. Je ne veux pas être un fardeau.

– Si j'ai voulu bien gagner ma vie, c'est pour que ma famille ne manque de rien. Sinon, ça servirait à quoi ?

Il posa sa serviette et retroussa les manches de sa chemise en lin.

D'un coup de baguette magique, Paul m'avait proposé de redessiner mon avenir, le temps de se sécher, comme un roi céderait une partie de son royaume à un de ses fidèles lors d'une réception. Mon frère avait le pouvoir et surtout la générosité d'emmener dans son envol les gens qu'il aimait.

– S'il n'y a pas d'homme pour s'occuper de toi, alors je le ferai, avait-il rajouté en s'éloignant.

Une fois en maillot de bain, j'avais plongé dans la piscine, puis glissé tout au fond, le long de la mosaïque bleue, les cheveux ondoyant comme des tentacules autour de mes épaules, les bras le long du corps et les jambes ondulant en alternance rapidement. La promesse d'une nouvelle vie avait électrisé mon corps, je m'étais sentie comme propulsée par une force invisible et j'avais crié de toutes mes forces sous l'eau. J'avais exulté d'excitation et de joie, me délestant de ce poids qui avait tant oppressé ma poitrine. Puis j'étais remontée à la surface après avoir pris conscience d'autres sons sourds provenant des corps qui sautaient gaiement dans l'eau et qui troublaient de-ci de-là le silence sous-marin.

Il avait beau ne pas en être à son premier mariage, Paul était totalement désorganisé. Alors que sa future épouse se préparait dans leur suite, dans le calme et la gaieté, Paul m'avait demandé de l'aider pour trouver la bonne paire de chaussures, ajuster son nœud papillon et dénicher son costume de secours en réalisant à la dernière minute qu'il ne rentrait plus dans sa tenue de marié. J'avais ainsi parcouru à maintes reprises le long couloir qui séparait les deux chambres dans ma longue robe rose et orange. Les pans colorés qui virevoltaient autour de moi m'animaient comme une flamme ardente.

La cérémonie aurait lieu sur une plateforme qui s'avançait sur la mer. Je regardais alors avec émotion l'estrade où les deux futurs époux échangeraient leurs vœux et leurs baisers sous le voilage blanc drapé autour d'une structure en arc de cercle telle une fenêtre donnant sur le ciel et l'océan.

Pendant la soirée, danseurs et musiciens tournoyaient majestueusement parmi les convives, captivant l'attention du public et adoucissant ainsi les cœurs. Les visages étaient tous béats de bonheur. Après le discours au cours duquel je n'avais pu cacher mon bouleversement, je m'échappai un instant dans ma chambre pour reprendre mes esprits. J'avais toujours trouvé qu'il y avait quelque chose de déprimant dans les mariages, parce qu'ils étaient souvent trop longs et ennuyeux, et parce que cet excès d'émotions m'oppressait et me ramenait à mon propre échec, comme la force d'une vague qui passe par-dessus la digue sans que personne puisse lui résister. Mais ce soir-là, devant tant de magie, j'en vins à espérer secrètement un jour vivre cette intensité à nouveau, sans qu'elle se conclue par des années de divorce amer.

Alors que j'observais le spectacle du haut de ma chambre perchée au troisième étage, derrière la baie vitrée, j'eus l'impression de vivre une soirée digne de celles qu'organisait Gatsby le Magnifique, dans l'espoir que Daisy vienne. Tous les ingrédients étaient réunis pour que la magie de l'amour opère. La majesté des lieux, la beauté des spectacles tout au long de la journée, la grâce des danseurs, la grâce des chanteurs, l'élégance des tables et la prestance tant attendue de Gloria Gaynor qui convia les mariés à ouvrir le bal avec une première danse. Elle entonna des airs connus et puissants qui électrisèrent les invités. Paul l'avait engagée pour sa force musicale et la détermination transcendante de ses paroles.

Seul un optimiste pouvait accepter une chanson parlant de survivre à une rupture le jour de son mariage. Mon frère n'était pas superstitieux, il était juste un éternel amoureux.

9

Les lumières au-dessus des passagers commencèrent à clignoter par alternance, d'abord les signaux d'appel, puis les liseuses. L'éclairage au sol s'alluma ensuite, même si nous savions pertinemment que nous n'aurions pas à le suivre, surtout de jour. Je fermai alors mes yeux en grimaçant afin de ne plus les voir. La démonstration des mesures de sécurité dans l'avion ainsi que la probabilité d'amerrir en plein milieu du territoire français étaient destinées à nous rattacher à l'infime possibilité d'une échappatoire. Notre instinct de survie et notre obéissance civile nous poussaient à croire au miracle voire à l'impossible.

– Vous allez fixer le point lumineux et le suivre avec les yeux, dit le psychiatre. Qu'avez-vous ressenti lorsque votre mari vous a quittée ?

– De la tristesse.

– Essayez de revivre cette scène, de l'imaginer tout en suivant la petite lumière projetée en face de vous. Quand je l'arrêterai, vous me décrirez alors votre émotion.

Le mot tristesse n'était pas tout à fait exact, car Richard avait cherché toutes les opportunités pour créer du chaos dans notre couple et ainsi légitimer son départ. Au début, j'avais été soulagée de ne plus avoir à subir ses théories du complot et autres interprétations alternatives de la réalité, ses sautes d'humeur et excès en tout genre. La tristesse, elle, était apparue plus tard, deux semaines environ, lorsqu'une amie m'avait confirmé à demi-mots la liaison de mon mari avec une de ses clientes. Mon amie avait beaucoup hésité à endosser ce rôle de lanceur d'alerte, mais ses mots avaient buté, ses yeux l'avaient trahie. J'avais posé ma tasse de thé, incapable de boire alors que ma gorge était devenue soudainement si sèche.

Tout était enfin limpide. Les pièces du puzzle disséminées çà et là formaient à présent un tout évident. Je visualisais l'aisance des mains de Richard posées sur le haut de sa cliente avant leur séance privée de sport, je me remémorais les nombreuses soirées où il était rentré tard se plaignant de clients qui prenaient tout leur temps, sans réaliser que les seuls détours qu'il avait effectués avaient été sur les courbes de son amante.

Mon amie m'avait révélé une vérité criante que j'avais refusé de voir au nom de l'amour.

– Tu en es sûre ? avais-je fini par dire, le visage livide.

– Il semblerait que la rumeur ait pris de l'ampleur à la salle.

La rumeur. Cette même rumeur qui avait fait en sorte que tout monde baissât la tête quand je venais le voir à sa salle de sport, par honte complice ou complicité honteuse. Étonnamment, les gens préféraient le mensonge qui rassure à la vérité qui expose et perturbe leur semblant d'équilibre, de la même manière qu'on balaie la poussière sous le tapis en espérant ne pas se prendre les pieds un jour dans le tas grossissant.

Assise sur la petite chaise face au mur, je me prêtai à l'exercice et suivis des yeux le faisceau lumineux. Mon champ de vision fut alors restreint à ce pan de mur ; je ne voyais plus le psychiatre ni mon propre corps, juste un rectangle avec un point qui oscillait, qui ressemblait à une œuvre d'art contemporaine envoûtante que l'on contemple longuement dans un musée, presque hypnotisée.

Je me visualisai après le départ de mon amie, en position fœtale dans mon lit, pleurant ma peine à gorge déployée. En imaginant mon mari faire l'amour à une autre, mon bas-ventre se contractait de douleur comme si mon corps essayait de l'expulser. Ce même organe, qui m'avait permis orgasmes et enfants avec lui, semblait à présent convulser d'amertume.

Des larmes coulèrent sur mon visage impassible. Le médecin arrêta alors le processus un instant. Il me tendit le paquet de mouchoirs qui m'attendait depuis le début de la séance, l'outil incontournable de la thérapie. De la même manière que mon avocat avait compris que mon mari me trompait avant moi, mon thérapeute avait anticipé mes pleurs. Ma situation était d'une banalité affligeante et cela me blessait plus que la fin de notre amour. J'avais toujours pensé que mon couple serait l'exception à la règle et que nous n'aurions jamais à asseoir nos enfants et voir leur visage se décomposer en leur annonçant notre rupture, en leur annonçant que, finalement, notre couple était un couple tristement ordinaire.

– Que ressentez-vous à présent ? Quel mot vous vient à l'esprit pour exprimer ce sentiment ?

– De la douleur. J'ai vraiment ressenti ma tristesse physiquement, telle une ablation, répondis-je fébrilement.

– C'est bien. Prenez votre temps, mais gardez cette sensation. J'ai besoin que vous continuiez à suivre la lumière.

Puis il relança le balancier lumineux de droite à gauche.

Je pensai alors à toutes les fois où il avait fait l'amour avec elle puis s'était glissé dans le lit marital en rentrant pour en redemander, tel un vampire insatiable. Le principe de rentrer tard chez soi n'était-il pas précisément d'éviter le devoir conjugal ?

Je revécus la scène dans laquelle Richard venait emprunter mes outils pour fabriquer les plinthes chez elle qu'il n'avait pas terminées chez nous, me réclamait de l'argent alors qu'il me laissait assumer maison et enfants seule. J'avais ressenti une rage incandescente qui m'avait fait lui écrire les pires atrocités, m'avait poussée dans des retranchements que je ne connaissais pas, m'avait donné des idées noires qui auraient fait pâlir Hannibal Lecter. J'aurais rêvé qu'il tombe d'une échelle, se fracasse le crâne et que sa cervelle se fasse bouffer par les rats. J'aurais rêvé qu'il soit coupé en deux par un train et qu'on retrouve son tronc à cent kilomètres de là, encastré dans l'avant de la locomotive. J'aurais rêvé qu'il s'étouffe dans son sommeil dans sa propre bile ou soit kidnappé par des aliens en quête de cobaye humain.

J'aurais voulu qu'il disparaisse. Mais étant le père de mes enfants, je lui accordais un sursis.

– Et maintenant, que ressentez-vous ?

– De la colère.

Mon visage était fermé, mes narines pincées.

– Pouvez-vous m'en dire plus ? me demanda-t-il calmement, en griffonnant sur son cahier.

– Je m'en veux d'avoir été si naïve.

Des petits sillons se dessinèrent alors sur mon front, mes sourcils se froncèrent légèrement encadrant mes grands yeux humides et mes lèvres commencèrent à trembler entre deux phrases.

– Je l'ai toujours protégé, je me suis même fâchée avec ma famille pour lui, alors que mon frère avait été si généreux avec nous. Nous avons quitté l'Irlande où Paul nous avait offert une opportunité professionnelle unique pour venir en Bretagne où Richard avait toute sa famille, afin qu'il n'évolue plus dans l'ombre de mon frère... Tout ça pour que ça se termine ainsi, de manière aussi banale, aussi grotesque.

– Vous savez, je crois qu'il n'y a jamais de bonne façon de rompre. Une fin est l'arrêt, le deuil de quelque chose par définition et donne souvent lieu à une sensation d'injustice puis de manque. Je crois tout simplement qu'il n'y a pas de fin heureuse en amour.

Plus je suivais le point lumineux et plus ma sensibilité s'amenuisait, comme si j'avais démêlé un amas d'émotions dont le frétillement commençait à ralentir. Le psychiatre éteignit la lumière une nouvelle fois et je n'attendis pas sa question.

– Perdue. Je me suis demandé ensuite comment j'allais pouvoir continuer seule, à trouver la force pour les enfants, à prendre les bonnes décisions, à m'occuper de la maison et du jardin. Plein de choses matérielles qui me semblaient insurmontables. Le rêve que j'avais toujours eu, de vivre dans une jolie maison à la campagne avec des enfants qui gambadaient dehors, est ensuite devenu ma hantise. La trouille de me retrouver au milieu de nulle part, près d'une usine pestilentielle et entourée d'élèves qui n'en avaient rien à faire de mes cours. Voilà ce que j'ai pensé, conclus-je, fulminant, regardant le psychiatre pour la première fois depuis le début de l'exercice.

— On va arrêter là pour aujourd'hui.

Il désamorçait ainsi ma colère montante. Je restai deux secondes de plus sur ma chaise, sonnée par l'arrêt abrupt de la séance, puis le suivis vers son bureau.

— Je trouve incroyable que vous ayez subi un viol à seize ans, perdu votre mère dans des conditions particulières, vécu un divorce, mais que vous soyez encore tourmentée par cette histoire éclair dont vous m'avez parlé la fois dernière, avec ce... comment s'appelle-t-il déjà... Jim, c'est ça ! récapitula-t-il en remplissant la feuille de soins.

— Justement je ne sais pas non plus pourquoi je donne tant d'importance à ce garçon que je n'ai fréquenté que deux mois. Je crois que j'ai eu besoin de remplir un vide. Et puis, il représentait l'homme parfait ; comme dans tous ces contes de fées ou ces films qui nous font voir l'amour sous un prisme déformé. On a vécu un début très intense puis il a changé d'attitude tout à coup. Il m'a sortie de sa vie soudainement comme s'il avait eu honte de moi. Je n'ai compris pourquoi que cet été ; parce qu'il aimait toujours son ancienne compagne et que je n'aurais jamais pu la remplacer. Et malgré cette évidence, je n'ai pu m'empêcher de souffrir du rejet, de l'échec.

– Avoir la réponse à son questionnement permet en effet de tourner la page, mais tout ne s'explique pas toujours. Ce n'est pas la raison de vous quitter qui est importante. Ce qui est important, c'est que ça n'ait pas marché. Ce n'était juste pas une histoire pour vous. Ne vous remettez pas en cause pour autant.

– J'aimerais réussir à être aussi pragmatique que vous mais ce n'est pas si facile.

– Je n'ai pas dit que c'était facile. Je dis simplement qu'il faut relativiser. On ne peut pas contrôler l'amour de l'autre, on peut toutefois apprendre à maîtriser ses émotions.

Il me tendit la feuille de soins et convint d'un rendez-vous la semaine d'après. Le médecin m'inspirait confiance, j'aimais la sérénité qu'il dégageait et lui enviais toutes les clefs qu'il possédait face aux blessures de l'âme des uns et des autres.

– Vous savez, la plupart de mes patients ont des problèmes d'addiction ou de dépression parce qu'ils ont manqué d'amour. Ce qui n'est pas votre cas. Certes, votre relation avec votre mère a parfois été difficile mais vous avez été aimée. Vous êtes soutenue par votre frère qui vous offre un nouveau départ à Paris, je pense que vous êtes plus forte que vous ne le pensez et que vous n'avez pas besoin de moi. La technique de l'EMDR que je pratique est utilisée sur des cas de stress post-traumatique et n'est pas vraiment adaptée à votre problème.

Puis il se leva et me raccompagna à la porte. En comptant sur ses doigts, il ajouta :

– Il y a trois phases majeures dans la courbe du changement, que ce soit pour un deuil ou autre événement traumatisant : la résistance, sous forme de colère ou de peur par exemple, la décompression, c'est-à-dire la tristesse, puis l'intégration qui est une sorte d'acceptation des choses qui mène à la sérénité. Le paramètre unique est celui du temps. Chaque personne adaptera son curseur temps en fonction de sa constitution et de sa volonté. Vous avez presque réussi à faire cela en deux séances. À vous de parvenir à accepter votre nouvel état et à trouver votre équilibre. Mais bon, si vous y tenez, je vous dis à mercredi prochain pour notre troisième session !

Il me serra une main et recouvrit le tout avec l'autre. Il savait que ce serait notre dernier rendez-vous.

J'avais emménagé dans un appartement dans le centre de Paris en septembre, loin de la Bretagne et des blessures encore ouvertes. La grande roue de la fortune était restée bloquée à racler le fond du marécage trop longtemps, alors, pour ne pas sombrer davantage, j'avais saisi l'offre de mon frère Paul. Le psychiatre ne pouvait pas me donner de recette miracle pour que l'amour fonctionne, mais il m'avait fait comprendre qu'il fallait être disposée à aimer ; je devais accepter mon passé, apprendre à vivre seule et injecter une forme de rationalité et de prudence dans mes émotions afin qu'elles ne prennent pas le dessus. Ce chapitre qui commençait me donnait l'occasion unique de construire des fondations solides, nécessaires à mon épanouissement personnel et professionnel.

Alors, comme le navigateur qui se lance à l'aventure sur des mers encore clémentes, consciente des nombreuses épreuves à venir et incertaine d'atteindre mon objectif, je me jetai à la fois avec crainte et détermination dans cette nouvelle vie. La décision de quitter la Bretagne avait été rapide, mais le renoncement, beaucoup plus long et sinueux. Il avait fallu dire au revoir aux amis et aux habitudes qui avaient permis une certaine stabilité, faire les démarches de demande de mise en disponibilité pour le travail, les cartons, les visites d'appartement, le changement d'adresse ; tous symboles d'une rupture nette avec le passé.

Paris fourmillait d'opportunités, de sensations et de stimulations. L'énergie qui se dégageait de la capitale semblait nous donner un nouvel élan. Au fil des semaines, je voyais mes enfants s'affranchir de mes jupons. Ils devenaient de vrais petits citadins futés, dégourdis et autonomes. Ils allaient et venaient dans l'appartement, accompagnés d'autres petites têtes rieuses, jouissant de ce sentiment de liberté et de possibilités. Loin de savoir exactement où j'allais, je posais les jalons d'une vie remplie de projets et de rencontres à venir. Il fallait que je m'inscrive dans une dynamique de mouvement et d'actions et non pas d'expectative. Je voulais trouver un projet que j'aurais pris le temps de choisir et de façonner.

Notre quartier était plutôt calme et j'affectionnais particulièrement mon rituel du matin au bistro près de chez moi, au décor rétro, où je pouvais passer des heures à boire du café, à lire le journal et feuilleter des magazines de mode, partager des blagues et rires avec les serveurs vêtus de costumes sombres, nœuds papillons et tabliers blancs. À la parisienne. Un mélange de rigueur chic et de sourires espiègles, de politesse et de camaraderie complice, de gestes élégants et d'adresse saltimbanque.

Alors que je m'étais installée à la terrasse comme tous les matins, je trouvai ce jour-là le café très amer. Je fis une légère grimace et commandai un peu d'eau chaude. Ce « poison lent », comme aimait qualifier cet excitant un écrivain presque centenaire, Fontenelle, avait pourtant été annonciateur de la fin pour mon arrière-grand-mère paternelle. Un matin, comme moi, elle s'était étonnée de l'amertume du café, puis mourut sur sa chaise comme foudroyée. Son corps avait perdu le goût du café et le goût de vivre quasiment simultanément. Par superstition, je décidai de rallonger le café, comme si mon existence en dépendait.

La vieille dame assise à côté de moi me dit soudain :

– Excusez-moi, mais mon amoureux a un rendez-vous médical qui s'éternise donc je préfère l'attendre là. Et comme je n'ai rien à lire, je me demandais si je pouvais vous emprunter votre magazine.

– Bien sûr, allez-y !

J'esquissai un léger sourire, touchée qu'une dame âgée puisse éprouver un si tendre sentiment. Son secret de longévité n'était peut-être pas le café, mais l'amour.

– Et vous ? Votre mari ou votre amoureux, où est-il ? s'enquit-elle le plus naturellement du monde.

– Je n'ai plus de mari et pas d'amoureux, malheureusement.

– Comment cela se fait-il ? Une belle femme comme vous ! Que c'est triste !

– Je ne sais pas si c'est triste, c'est comme ça, c'est tout, lui répondis-je, gênée.

Cupidon s'était-il transformé en vieille dame ?

– Vous n'avez pas fait votre liste ? insista-t-elle d'un air étonné.

– Ma liste ?

– La liste de ce que vous recherchez chez un homme pardi ! Ça vous évitera de refaire les mêmes erreurs !

Je la regardai, bouche bée. La liste de ce que je recherchais ? Mais enfin, il n'y avait pas de liste pour ce genre de choses.

– Je fais des listes de courses, ça m'est arrivé quelque temps de faire la liste des absents mais je n'avais pas pensé à ce type de liste, non.

Je rigolai nerveusement. La dame avait visiblement perdu la tête. J'aurais dû m'en douter au moment où elle avait parlé de son « amoureux ».

– Je l'ai faite ma liste, moi, et c'est comme ça que j'ai connu mon René, il y a soixante ans ! me lança-t-elle fièrement au moment où je réclamais l'addition.

Ce soir-là, interpellée par cette conversation inattendue avec la vieille dame, je changeai d'avis sur l'inutilité d'une liste. Sur la table basse, à côté de mon ordinateur, se trouvait mon calepin beige. J'y griffonnais les choses à faire, calculais les moyennes scolaires de mes fils, listais les cadeaux de Noël et les numéros de téléphone d'intervenants divers. J'avais des listes, en effet, mais elles étaient tellement terre à terre que j'eus envie de pleurer. J'ouvris le carnet, je pris un stylo-feutre et contemplai la page blanche quelques secondes. « La liste de ce que je recherche », dis-je à voix haute. Rien ne me vint à l'esprit. Puis je commençai à énumérer tant bien que mal ce que je ne voulais plus, pensant que l'exercice par défaut serait plus aisé et qu'il ouvrirait davantage le champ des possibles. Peut-être qu'avorter les histoires à temps était la solution pour éviter de nombreux écueils.

1. Pas trop beau. *C'est la meilleure façon de le partager avec d'autres.*
2. Pas un crève-la-dalle. *Il faut absolument que j'arrête de materner les hommes.*
3. Pas un ami de Paul. *Ils ne valent pas mieux que les autres.*
4. Avec enfants. Mais pas trop jeunes. *Je ne souhaite pas élever les enfants d'une autre.*

5. Remis de sa séparation. *Hors de question d'être la femme pansement que l'on jette quand on n'en a plus besoin.*

La liste me sembla courte. Pour l'instant. Elle n'allait pas forcément m'aider à rencontrer quelqu'un, mais elle me permettait de visualiser mes erreurs de choix. Il fallait que je me rende à l'évidence, après douze ans de mariage, j'avais perdu de vue les codes d'approche amoureuse et du jeu si fragile des débuts d'histoires. Je voulais ressentir les choses mais limiter la casse afin que, au fil des années, mon cœur ne soit pas rafistolé comme un vieux vase sentimental que l'on recolle en espérant que les fissures ne soient pas trop apparentes.

Je n'allais pas traîner dans les bars pour rencontrer l'âme sœur, et encore moins toute seule, de peur de donner la mauvaise impression. Je ne faisais aucune confiance aux applications qui pourtant offraient une liste. Une liste d'hommes à consommer sans modération, probablement pour me sentir moins seule et vraisemblablement pour me sentir un peu plus désabusée ensuite. L'une d'entre elles n'avait pas hésité à utiliser un Caddie et ainsi renverser la tendance de la femme objet en la femme consommatrice, instrumentalisant l'homme à son tour. L'égalité des sexes pour laquelle tant de femmes s'étaient battues devait-elle aller jusqu'à répéter l'histoire à l'envers dans un effet miroir donnant une illusion de progrès ? Pouvait-on vraiment rétablir un déséquilibre avec un autre déséquilibre ? Ne devrait-il pas au contraire y avoir une véritable équité dans l'amour ? L'amour existait-il encore dans cette société, pervertie par les réseaux sociaux, où il avait acquis une valeur marchande ?

N'y avait-il pas quelque chose d'inhumain à balayer du doigt un visage à droite ou à gauche selon l'envie du moment, à juger uniquement sur un physique et décréter en quelques secondes qu'un homme puisse être trop petit, trop efféminé, trop poilu, trop bobo, trop prétentieux, trop laid ou trop chauve ? Qu'il ait un nez trop gros ou trop tordu, voire trop droit, qu'il soit trop maigrichon ou trop corpulent, que ses dents soient trop blanches ou pas assez ? Puis il y avait les fumeurs, les buveurs, les baiseurs invétérés, les trop sérieux ou trop bohèmes, les casaniers ou les baroudeurs. Enfin et surtout, il y avait ce qui paraissait et ce qui était. Il y avait un monde entre les apparences et la réalité.

J'avais quand même essayé par curiosité. J'avais rencontré un réalisateur ténébreux et sportif qui, au moment de sourire, avait dévoilé une dentition rédhibitoire et avait déchanté à l'idée que j'aie mes enfants à plein temps. J'avais croisé un bel avocat, aussi drôle et élégant qu'indécis ; qui me relançait régulièrement, m'invitait à dîner puis m'embrassait sur la joue et disparaissait pendant des semaines. J'avais discuté avec des hommes trop pressés, ou trop hésitants, trop désabusés ou au contraire trop emballés. Les conversations étaient biaisées, les histoires d'amour déjà tronquées par une approche mécanique et virtuelle dans laquelle l'imagination n'avait aucune latitude et où la romance était en latence. L'amour ne pouvait pas être marchandé ou commercialisé, analysé ou projeté. Et pourtant, en établissant une liste de ce que je ne voulais plus chez un homme, je décortiquais à ma manière le processus amoureux en y soustrayant une forme de hasard.

Je voulais éviter de souffrir inutilement, tout en faisant le constat amer que l'amour à quarante-cinq ans n'avait plus la même saveur qu'à vingt ans. Je n'avais plus mon insouciance des débuts, mes attentes avaient évolué et, surtout, je ne souhaitais pas mêler mes jeunes enfants aux tribulations de ma quête amoureuse.

J'avais du mal à me faire un réseau d'amis à Paris. Le sport que je pratiquais nécessitait de garder la tête dans l'eau, avec un bonnet et des lunettes faisant office d'œillères sur l'érotisme potentiel que la natation pouvait offrir. Entre midi et deux, les nageurs se pressaient d'arriver et de repartir travailler. Toutes leurs journées se déroulaient ainsi, chacun dans sa ligne et dans sa vie bien programmée. La tête dans le guidon, évitant de justesse la collision.

Les enfants allaient en cours seuls, les parents ne se croisaient plus aux anniversaires ni aux sorties d'école. Les jeunes Parisiens vivaient comme des jeunes adultes très tôt, réduisant considérablement les possibilités de liens entre les parents qui les avaient rendus autonomes pour survivre à un rythme effréné de travail-vie sociale. Ils étaient bien trop occupés et ancrés dans leurs réseaux hermétiquement fermés à toute nouvelle arrivée. Je tombais comme un cheveu sur la soupe, j'étais un cran de sûreté dans le rouage bien huilé de leur existence. J'avais fini par rencontrer des personnes qui étaient en couple mais qui n'invitaient que des couples. J'étais l'exception qui confirmait la règle et je devais presque me justifier d'être célibataire, même si cela devenait monnaie courante, selon leurs dires et les statistiques. Les fameuses projections.

Les gens avaient juste la mémoire courte. Au bout de deux ans de vie de couple, ils perdaient de vue leurs galères amoureuses et n'étaient plus en phase avec les laissés-pour-compte. Peut-être allais-je devoir changer de discours et assumer pleinement mon célibat en vantant ses mérites et réveiller ainsi leur désir de liberté. Il y avait quelque chose de terriblement attirant à être célibataire. Pas de compte à rendre, pas de chemise à repasser, pas de ronflement et toute la place dans le lit. C'était plus de disponibilité, de sorties, de voyages et des amants à la pelle, ou presque. Être libre signifiait qu'il fallait se réinventer régulièrement, faire attention à sa ligne et son style, tout en s'autorisant le pilou-pilou à la maison que personne ne verrait. Cependant, il y avait un prix à payer : la solitude en contrepartie de cette liberté.

N'est-ce pas, après tout, le propre de l'Homme de ne jamais être satisfait, de vouloir toujours plus et surtout ce qu'il n'a pas ? Le progrès naît de la frustration de la situation actuelle et de la curiosité qu'elle engendre. On arrive à aller sur Mars, mais on tergiverse encore en amour. Et pourtant, peu sont cosmonautes, nombreux sont amoureux. L'amour n'est pas une science exacte. Il fait couler de l'encre et des larmes, donne l'envie de vivre et de mourir, transcende autant qu'il transperce. Je voulais vibrer à nouveau mais plus au point de m'en crever le cœur !

10

Je me demandais s'il y aurait un flash info concernant l'avion qui allait s'écraser, une petite banderole qui défilerait en bas de l'écran sous le présentateur d'une chaîne d'infos en continu ? Nous serions reconnus en tant que les deux cents anonymes calcinés, de simples numéros de siège sur une liste de passagers disparus quelque part dans les Pyrénées. On retrouverait la boîte noire qui montrerait une défaillance quelconque dont personne n'entendrait parler. Suspendue à dix mille mètres dans les airs, je ne maîtrisais plus rien ; j'étais juste la victime de l'effet papillon qui avait transformé nos petites failles humaines en tornade. J'étais assise dans ce siège inconfortable qui n'était ni inclinable ni éjectable, qui ne m'offrait aucune latitude de mouvement ou de décision, et dont la seule fonction, en cas d'accident, serait de me servir de cercueil.

Il ne resterait plus qu'à sceller l'épave qui nous servait de sarcophage comme on enferme les sardines dans leur jus. Nous étions bien peu de chose. Et pourtant, j'avais envie de croire que chacun d'entre nous avait apporté sa pierre à l'édifice et qu'en supprimant les gouttes d'eau que nous étions nous assécherions un peu plus l'océan.

Je commençais à accepter ma mort et je souris à l'idée que, comme ma mère, j'échapperais à la décrépitude, seul avantage de cette fin prématurée. Je préférais, comme elle, terminer en tas de poussière que voir ma chair pourrir lentement. J'avais déjà remarqué les prémices de la vieillesse envahir la peau de mon cou, redessiner le contour de mes yeux et parsemer de blanc ma chevelure pourtant encore si dense. Les signes de ma jeunesse ne résidaient plus que dans mes souvenirs et dans les yeux de quelques jeunes hommes admiratifs d'une beauté passée.

N'était-ce pas normal cependant de se remettre parfois en question, de faire un bilan, de se laisser tenter par un dernier bain de jouvence, notamment lorsque notre existence nous semblait sacrément entamée ? Au fil des ans, le temps qui s'écoulait prenait toute son urgence. Dans cette chute vertigineuse qu'était la vieillesse et qui allait nous écraser au sol, je voulais me raccrocher aux branches de la vie et aux nouvelles opportunités de vibrer encore.

J'avais juste eu envie de profiter de ce qu'il restait de ma jeunesse en donnant suite à ma rencontre avec Jules sur l'île de la Cité quelques semaines après mon arrivée à Paris.

Attablée en terrasse par une journée d'automne particulièrement douce, je regardais les joueurs de pétanque plus échevelés que chevronnés discuter vivement la position des boules disposées en demi-cercle autour du cochonnet, comme s'il s'agissait d'un conseil de guerre se disputant âprement le territoire fraîchement conquis. Je remarquai du coin de l'œil le jeune homme au blouson d'aviateur marron qui alla s'installer à la table d'à côté. Il posa son casque et un Leica noir, recoiffa ses mèches rebelles d'une main, en s'inspectant dans la vitrine, puis fit un signe au serveur pour qu'il lui apporte un café serré. En s'asseyant, il me sourit. Gênée qu'il ait senti mon regard, je me plongeai à nouveau dans l'écriture du roman que j'avais commencé quelques jours auparavant. Il remarqua le livre de Yasmina Reza que j'avais placé entre mon café crème et mon ordinateur.

– *Heureux les heureux*. Et donc ? Le sont-ils ?

J'hésitai un instant, puis tournai la tête vers lui, les doigts en suspens au-dessus du clavier. Il me fixait intensément. Deux petites fossettes se dessinaient de chaque côté de sa bouche.

– Je ne l'ai pas fini, mais j'imagine que si la solution était si simple, il n'y aurait pas de roman ! D'ailleurs il s'agit plutôt d'une réflexion.

Je saisis le livre et parcourus rapidement la dernière de couverture, sentant son regard posé sur moi.

– Donc le bonheur n'est pas une évidence pour les gens heureux ? insista-t-il en esquissant un léger sourire.

Ses yeux en amande pétillaient de curiosité. Il avait l'air d'un aventurier avec ses bottes et son écharpe en tissu froissé entourée nonchalamment autour de son cou.

– Je pense que si. Être heureux, c'est un état d'esprit, une capacité à apprécier, saisir le bonheur quand il est là.

J'essayais d'argumenter sérieusement en chassant l'idée incongrue qu'un homme si jeune puisse potentiellement me désirer. Son assurance me perturbait. Je m'enferrais dans des phrases à rallonge pour faire durer l'échange. S'intéressait-il réellement à mes idées sur le bonheur ?

– Et comment sait-on qu'il est là, le bonheur ?

Il avait enroulé son bras autour de la chaise en se tournant vers moi.

– Je crois surtout qu'on lui court après mais qu'on le rate régulièrement.

– Comme le bus, quoi !

Sa remarque fut tellement inattendue que j'éclatai de rire.

– On le ressent là, je pense. (Je plaçai ma main droite sur mon ventre.) C'est un sentiment de plénitude et d'harmonie qui peut très bien ne durer que cinq minutes. C'est pour ça qu'on le confond parfois avec autre chose ou qu'on l'associe à un sentiment plus banal. On a tendance à n'attacher d'importance qu'aux grands événements.

– Intéressant. Je n'ai jamais pensé à inscrire le bonheur dans le temps. Dans *Pensées pour moi-même*, Marc Aurèle explique qu'il ne faut rien attendre de la vie pour ne pas être déçu et ne pas se laisser abattre par ce qui ne relève pas de notre bon vouloir, par ce qui est hors de notre contrôle.

Je fus interpellée par sa maturité et l'aura qui se dégageait de lui, il émanait quelque chose d'intemporel et de providentiel, comme le Petit Prince de Saint-Exupéry, à la fois aérien et intense, mystérieux et prévisible. Je jetai un coup d'œil sur son Leica. Il n'avait pas l'air d'être un touriste de passage. Peut-être était-il étudiant en photographie ? Or à en juger l'usure du cuir, l'appareil semblait avoir voyagé et capturé plus que des séances studio improvisées avec des camarades de fac. Il le saisit et le retira de son étui.

– C'est ce que j'ai de plus précieux. En fait, il est là, mon bonheur à moi. C'est mon curseur d'humilité, mon regard sur le monde. En Occident, on se plaint de divorce, des intempéries, d'une amende, du manque de temps pour déjeuner alors que, dans d'autres pays, la réalité est bien plus dure et ils ne sont pas plus malheureux pour autant.

– Où as-tu voyagé alors ?

– Là, je reviens de Mauritanie où j'ai fait un reportage. J'y ai passé plusieurs mois afin de nouer des liens. Beaucoup de thé et d'attente ! Des conditions de vie souvent précaires, des trucs imbouffables... en gros, j'ai mangé principalement du chameau et dormi avec les brebis.

– Reportage ? Tu es journaliste ? demandai-je en rangeant mon ordinateur portable dans sa housse.

– Oui, reporter photo. Je suis indépendant. Je choisis mes reportages mais couvre aussi l'info régulière. J'aime bien cette liberté même si je rate pas mal de rendez-vous familiaux et amicaux. Mais voilà, c'est la vie que j'ai choisie et elle me plaît pour l'instant.

– Tu voyages seul ?

– Ça dépend des missions mais, en effet, j'ai souvent un collaborateur journaliste qui rédige les articles. D'ailleurs, je garde pas mal de calepins avec des pensées, des idées, parfois même des dessins. J'aimerais publier un livre de mes voyages un jour, avec photos et textes.

– Un peu comme Peter Beard qui écrivait ses textes en partie avec le sang des animaux qu'il avait chassés.

– J'aime beaucoup son travail mais je déteste cette notion de chasse à l'éléphant. Et puis du sang ? Je me contenterai d'un bon vieux crayon !

Je m'excusai et me dirigeai à l'intérieur du café pour régler ma note. Il était l'heure de rentrer chez moi pour m'occuper des devoirs et du dîner des enfants. Je réalisai en vérifiant ma coiffure devant le petit miroir doré des toilettes du café que mon quotidien bien huilé n'avait absolument rien en commun avec celui du jeune photographe qui voyageait au gré du vent. Je soupirai. Je l'enviais presque. Quoique. L'idée d'avoir vingt ans ne me faisait plus vibrer, pas plus que la perspective de manger du chameau ou de dormir avec des brebis. Peut-être était-ce cela, le bonheur ; regarder en arrière sans regrets, avec le sentiment d'avoir affronté chaque étape de la vie avec honnêteté et de s'y être investie du mieux possible. Comme un coureur de quatre cents mètres haies qui reprend son souffle après une course rythmée sans avoir fait tomber d'obstacle, je comptais savourer à présent mon tour d'honneur.

Quand je sortis du café, il était debout, prêt à partir lui aussi. Au moment de se dire au revoir, il me tendit un croquis qu'il avait esquissé rapidement.

– En souvenir de ce café philosophique, me dit-il tout simplement, puis il s'éloigna comme il était venu.

Il était sûrement plus doué en photographie qu'en dessin, mais il y avait quelque chose d'attendrissant dans la maladresse de l'ébauche réalisée à la hâte. Je devinais que le couple assis côte à côte à la terrasse d'un café parisien, près d'une place triangulaire, n'était autre que mon jeune inconnu et moi. Le Petit Prince n'avait pas esquissé un mouton mais deux amants potentiels refaisant le monde. En bas à droite, il avait noté son prénom et son numéro de téléphone. « Jules », prononçai-je doucement en rangeant délicatement son croquis dans mon sac.

Il aurait été raisonnable de ne pas donner suite à cette rencontre parce que vingt ans de vie et d'expérience nous séparaient, parce qu'une romance avec lui ne m'apporterait rien d'autre qu'un peu de folie et de fraîcheur, parce que cela occasionnerait sûrement de la déception une fois qu'il me quitterait pour une autre femme ou une autre contrée. J'aurais dû au moins attendre quelques jours, me faire désirer, mais je ne pus m'empêcher de lui envoyer un texto une fois rentrée chez moi, pour le remercier du dessin. J'avais dans l'instant regretté ma spontanéité.

Je reçus sa réponse immédiatement. Je m'étais laissé tenter par l'intention évidente du jeune homme, incapable de savoir si cela trahissait en réalité mon désespoir ou mon romantisme exacerbé.

« Je pars après-demain en Iran, j'aurais aimé te voir avant », avait-il écrit.

J'eus la respiration coupée, de surprise, d'excitation et d'interrogation. Je réfléchis un moment à l'impossibilité de cette histoire et pensai à mes enfants. Était-ce possible de les laisser tout seuls ? Cela faisait-il de moi une femme volage ou irresponsable ?

Rapidement un autre sentiment remplaça celui de la culpabilité. Un sentiment de légèreté et non de frivolité, un désir assumé et non une lubie éphémère, une sensation de liberté et non d'obligation ou de bienséance. Au diable la doxa bien-pensante et autres retenues. J'étais une femme libre et je voulais assumer pleinement mes choix et mes envies. Nous convînmes alors de nous revoir le lendemain soir.

Il m'attendait sur le banc en face du carrousel, place des Abbesses, les jambes croisées à l'américaine ; une cheville posée sur l'autre genou. À son âge, son assurance frôlait l'insolence, pensai-je en avançant d'un pas pressé vers lui. Il me prit la main puis m'emmena vers le Sacré-Cœur. Une fois en haut des marches, il me tira vers lui, se plaça derrière moi et me serra contre lui.

« C'est ici qu'on a la plus belle vue de Paris », me souffla-t-il. Il esquissait du doigt la découpe de l'horizon en s'attardant sur tous les trésors architecturaux de la ville que je connaissais si bien mais que je me laissais volontiers conter. Avec la brise du soir, nos cheveux s'entremêlaient et, malgré notre étreinte, je commençais à frissonner. Il descendit ses mains le long de mes bras, glissa ses doigts entre les miens. Je me retournai lentement puis il posa ses lèvres sur ma bouche. Un long baiser tendre sans ouvrir la bouche, se respirant et se découvrant doucement. Il prit mon visage entre ses mains et m'embrassa fougueusement. J'avais l'impression d'avoir rajeuni de vingt ans.

– Tu as froid, dit-il en me frottant le dos. Tes mains sont glacées. Viens, je voudrais t'emmener dans un club de jazz que m'a fait découvrir mon oncle récemment.

Nous avions déambulé ainsi dans les ruelles pavées et tortueuses de Montmartre, prenant quelques pauses pour s'embrasser à l'abri des regards, puis nous étions repartis de plus belle d'un pas enjoué vers une destination magique. J'imaginais que, comme dans le film *Minuit à Paris* de Woody Allen, nous allions franchir une porte et remonter le temps pour se mêler aux artistes des Années folles. Il y aurait sûrement, dans un coin de la pièce, les écrivains américains de la « génération perdue », Hemingway, Fitzgerald et Gertrude Stein sirotant du whisky et se remémorant les traumatismes de la Première Guerre mondiale, récitant inlassablement avec T. S. Eliot des bribes de son poème « The Waste Land ». Assis dans les canapés en cuir marron, les peintres Dalí et Gauguin seraient en pleine conversation surréaliste sur la création spontanée, le rêve et l'intériorisation de la peinture. Ils tangueraient tous au rythme des notes ambrées de jazz de Cole Porter tandis que Joséphine Baker, vêtue d'une robe à sequins, interpréterait « Vous faites partie de moi » en chaloupant près du piano à queue.

Personne ne joua ce soir-là dans le club de jazz. « Jamais le mardi », nous précisa le barman alors qu'il se lançait dans l'élaboration de leur « Martini spécial ». L'ajout du mot « spécial » avait-il vocation à jeter un voile de mystère sur cet alcool ordinaire ou révélait-il tout simplement l'aridité de l'imagination du barman ? Il s'agissait en fait d'un mélange subtil de Martini rouge, de gin, et de saveurs aux promesses aphrodisiaques à base d'absinthe, de fleur d'oranger et d'Angostura Bitters. Le bar était vide, à moins que nous ne nous soyons pas rendu compte de la présence des autres. Il m'enlaçait tout en me racontant des anecdotes de voyage qu'il embellissait sûrement pour me plaire et pour ainsi donner vie, à travers son exaltation fantasque, à ses rêves d'aventurier.

– L'Iran, c'est vrai ou c'était une façon de me revoir ? lui demandai-je dans un moment de lucidité.

– Je pars bien demain. Je dois couvrir un sujet assez sensible. Je ne peux pas trop en parler car c'est diplomatique.

– Mais c'est risqué ?

– Le pays en lui-même, non, mais c'est sûr que les autorités ont le pouvoir de te faire disparaître si tu creuses trop. On n'est jamais seul, il y a toujours des gardes du corps qui nous escortent, donc c'est compliqué d'avoir toute la latitude nécessaire. C'est un équilibre à trouver. Je dois récupérer mon visa à l'ambassade demain matin, j'ai mon vol en fin de journée. J'ai encore pas mal de détails à régler. Je te ramène ?

Il n'y a rien de plus magique que de traverser Paris à scooter la nuit. Chaque pente dévalée sans encombre semblait donner l'impulsion à un envol possible. Je savourais cette sensation de glisse et de lâcher-prise. Alors que quelques amoureux s'attardaient encore sur les ponts, la ville avait revêtu un manteau de silence brillant de mille feux. La ville déserte nous appartenait, les lampadaires nous saluaient sur leur passage et la Seine immobile scintillait sous la pleine lune. Quand nous sommes enfin passés devant la Pyramide du Louvre éclairée, je ne pus m'empêcher d'admirer cet anachronisme architectural qui mettait en valeur la majesté du lieu, mariant moderne et ancien, métal et pierre, mystère et savoir-faire.

Au moment où ses lèvres me relâchèrent, je n'osai pas lui demander si je le reverrais. Je savais que chaque seconde passée avec lui était un instant volé et que, un jour, la temporalité des choses reprendrait son cours naturel.

Le lendemain, il m'envoya une photo prise dans sa chambre d'hôtel à Téhéran. Il pensait à moi et il m'envoyait des messages courts mais forts, dès qu'on lui rendait son téléphone en fin de journée. Je reçus deux photos de croquis ; un dessin ravivant la scène dans le club de jazz où je reconnus nos têtes bouclées et les deux verres d'alcool, et un autre où nous faisions une échappée en décapotable américaine, lui avec un béret et moi avec un foulard noué sur la tête, une rangée de palmiers sur fond de mer. Alain Delon et Grace Kelly à bord d'une Cadillac sur la Croisette de Cannes, à moins que ce ne fût Gatsby et Jackie Kennedy à Key West ? Dans ses dessins, on ne voyait pas de différence d'âge, il immortalisait tout simplement notre rencontre et nos aventures à venir.

J'avais suivi quelques-unes de ses pérégrinations dans ses stories sur Instagram. Bien sûr, les photos de son sujet de reportage ne pourraient être rendues publiques que bien plus tard, mais déjà, grâce aux clichés pris à la volée de Téhéran, je pouvais me rendre compte de la puissance éloquente de ses photos. Jules était brillant et animé d'une vivacité qui me touchait. Son art projetait la force de son âme et j'aimais découvrir le monde à travers ses yeux.

« Es-tu dispo demain soir ? » Mon visage s'illumina à la réception du message. Il était rentré à Paris. Je n'avais pas envie que cette magie s'arrête, même si mes expériences passées m'avaient démontré que la sacralité de l'amour n'abolissait pas toutes les différences.

« Oui, je serai chez moi. » J'aurais aimé avoir à vérifier ma disponibilité dans mon agenda, éventuellement déplacer une soirée filles ou annuler une sortie théâtre mais, en effet, je serais chez moi. Mes fils avaient beau être en vacances chez leur père, rencontrer des gens à Paris était toujours aussi difficile. J'arrivais du mauvais côté de la quarantaine, seule avec deux enfants à plein temps dans une ville où le train des amours et des amitiés défilait à grande vitesse.

« Je te ferai à dîner. Des pâtes carbonara ! Ma spécialité ! » m'avait-il promis.

Jules avait créé un joyeux bazar dans la cuisine comme un savant fou qui s'agitait parce que l'inspiration lui venait enfin. Il avait sorti plats et poêles, déballé le guanciale qu'il était allé chercher chez l'Italien de son quartier, jeté les coquilles d'œuf dans l'évier, renversé du parmesan par terre, fait déborder l'eau des pâtes, et tout cela en chantant et faisant des pauses pour m'embrasser pendant que la cuisine prenait vie.

« Allez vous asseoir, madame, j'arrive avec votre dîner », s'était-il amusé à me dire d'un air faussement mondain. J'avais allumé des chandelles, placé des serviettes en lin couleur crème et posé les couteaux en argent et nacre sur les porte-couteaux. Je réajustai le tout avant qu'il ne ressorte de la cuisine avec deux grandes assiettes creuses dans lesquelles il avait disposé avec soin un ballotin de pâtes saupoudrées de parmesan.

Avant de s'asseoir, il déplaça son set de table sur le côté, pour se rapprocher de moi. « J'étais trop loin en face de toi, je veux pouvoir te toucher. » J'essayais de rester prudente et lucide mais je réalisais que mon attachement pour lui grandissait au fil de ses attentions. Ce soir-là, il avait ravi mes papilles avec la même passion qu'il avait envahi ma cuisine.

Il posa son verre de vin rouge sur la table basse du salon et remonta le long de mes bas avec ses doigts. Au moment où il sentit les boucles des porte-jarretelles, il s'arrêta net et se mordit la lèvre inférieure. Je les avais mis pour satisfaire un des fantasmes dont il m'avait fait part quelques jours auparavant.

Il ôta ma robe noire et la laissa tomber au pied du canapé sur le tapis oriental. Il déboutonna sa chemise en m'embrassant puis me fit doucement basculer en arrière, jusqu'à ce que nos poitrines se frôlent et nos corps commencent à onduler. Il m'embrassa dans le cou puis descendit jusqu'à mon bas-ventre, sentant mon désir monter. Il décala ma culotte sur le côté pour y glisser sa langue puis me saisit à pleine bouche.

Il enfila son jean sans le remettre totalement, prit son appareil photo et s'appuya contre la cheminée. J'étais positionnée légèrement sur le côté, allongée de tout mon long sur le canapé, une jambe droite et l'autre repliée, portant toujours mes porte-jarretelles, la tête enfouie dans mes bras, un œil dégagé fixant l'objectif. Il faisait sombre. Il se rapprocha pour allumer le petit lampadaire en arc au-dessus de ma tête, fit quelques pas en arrière, mit son œil derrière le viseur puis releva la tête et appuya une fois sur le déclencheur, pour prendre l'unique photo qui immortaliserait la femme à qui il venait de faire l'amour.

Je le regardais pendant qu'il dormait. Il était calme à présent. Des alertes sur son téléphone l'avaient réveillé plusieurs fois dans la nuit, comme un pompier de garde qui doit pouvoir saisir son casque et partir à l'assaut à tout moment. Son visage était légèrement hâlé et détendu, ses mains fermes et délicates à la fois étaient posées sur sa poitrine et sa peau si jeune et tendue semblait contraster avec la mienne. Notre écart d'âge me parut tout à coup insoutenable.

Quand il fit son sac ce matin-là, je sus que je ne le reverrais plus. Parce qu'il s'assura de ne rien laisser, jusqu'au paquet de linguine de la veille dont il restait la moitié, parce qu'il ne prit pas le livre que je lui avais offert, parce que, en partant, il se retourna et me souhaita de passer « une bonne journée », comme on apposait la formule « cordialement » à la fin d'un e-mail.

Je ne m'étais pas trompée. Dans les jours qui suivirent, ses messages devinrent plus rares et plus arides, comme s'il essayait de me sevrer doucement de sa présence, ou peut-être manquait-il tout simplement de courage pour m'annoncer qu'il me quittait.

Il devait déjà être en train d'immortaliser d'autres conquêtes dans son calepin de vagabond. Je faisais sûrement partie des souvenirs d'aventures entre le barbecue de chameau et la future fricassée d'insectes. La photo qu'il avait prise de moi, nue sur le canapé, devait probablement déjà être sur le Darknet avec ma petite culotte volée à la piscine. Je préférais presque ce genre de notoriété que l'oubli pur et dur qui m'attendait.

« Excuse-moi pour le silence, mais ça fait partie de ma personnalité de disparaître. J'ai besoin d'être sans attache », avait-il fini par écrire, comme le scorpion qui avait rassuré la grenouille dans la fable de La Fontaine pour qu'elle lui fasse traverser la rivière. Après l'avoir piquée, il avait excusé son acte en disant que c'était dans sa nature. Sans contrainte et sans amarre comme un marin qui pose son doigt au hasard sur une carte et change de cap selon son envie du moment. La liberté à son comble, l'égoïsme à l'état pur. Il est impossible de retenir quelqu'un qui a décidé de vivre « sans attache ». Les dessins, les baisers au pied du Sacré-Cœur, les attentions, les courses folles dans Paris n'avaient été que des lucioles qui n'avaient brillé qu'un instant, promettant extase et éphémérité dans le même temps. Il vivait comme sa génération, dans l'urgence et dans l'immédiat, à la recherche de sensations fortes, dopé à l'endorphine.

Je trouvai son tee-shirt bleu ciel dans la salle de bains, sous la serviette qu'il avait accrochée sur le radiateur mural. Je le mis machinalement dans la bannette de linge avec l'espoir qu'il revienne le chercher. J'aérai la chambre et refis le lit. Une fois habillée, je me blottis dans mon canapé, enroulée dans une étole épaisse, ma tasse de thé posée sur le coussin sous lequel je m'étais glissée. Autour de moi, tout était silence. Seule la fumée de mon breuvage venait troubler ma vision.

Puis en sentant ma gorge se serrer, je me rappelai des trois étapes du deuil énoncées par le psychiatre. Il ne fallait pas que je laisse la vague d'émotions me submerger et me malmener inutilement pendant de longues semaines. La liberté d'aimer que j'avais fièrement brandie pour vivre cette histoire improbable ne devait pas m'emprisonner dans le désespoir amoureux.

Comme un film qu'on rembobine, je posai ma tasse, jetai mon étole sur le canapé, et me dirigeai à nouveau dans la chambre pour refermer les fenêtres et défaire les draps qui me rappelaient notre dernière étreinte. Puis j'exécutai l'otage ; je jetai son tee-shirt bleu à la poubelle, nouai le sac et le descendis dans le local situé au sous-sol d'un pas décidé. Le cœur résonnant encore fort dans ma poitrine après avoir monté les marches quatre à quatre, je saisis mon téléphone et, dans le même élan, j'effaçai nos conversations, nos photos et son numéro. Je le mis en sourdine sur les réseaux sociaux pour ne plus le voir apparaître. Je farfouillai dans mon bureau et extirpai le dessin qu'il m'avait fait le jour de notre rencontre. Sans m'attarder dessus, je le déchirai en deux d'abord pour nous séparer symboliquement, puis en petits morceaux, de manière qu'il n'en reste qu'un amas indéfini de confetti.

Sous le coup de la colère, il avait été relativement facile de mettre en action la première étape du deuil, en détruisant rapidement toute trace de lui. Il faudrait ensuite trouver la force de limiter ma tristesse dans le temps. Richard était parti en trois jours et ma mère aussi, je m'autorisai alors à n'être que l'ombre de moi-même pendant trois jours. Après cela, je devais réagir et avancer tant bien que mal. Il y aurait des rechutes et des moments moins évidents, mais cela serait possible en m'abrutissant dans le travail et en me consolant avec des activités. Il était tellement aisé de glisser vers le désespoir, mais tellement plus courageux et constructif de n'autoriser aucune emprise à la tristesse sur mon bonheur.

– Tu n'as pas faim, maman ? me demanda Raphaël, mon aîné, en remarquant mon assiette vide.

– Je fais un petit régime, mon chéri, lui répondis-je avec un faible sourire.

– Mais t'es pas grosse, pourquoi tu dis ça ? renchérit Louis. Pourquoi tu te trouves toujours grosse ?

Je ne pouvais pas leur donner la raison de mon manque d'appétit, et je ne pouvais pas non plus leur expliquer pourquoi je me trouvais souvent grosse. Dans ces périodes de détresse émotionnelle, mon corps me semblait aussi laid que mon état d'esprit. Jules avait capturé l'apothéose de notre histoire sur une photo ; il était parti avec l'image révélée et avait laissé le négatif derrière lui. Il ne restait plus que les contours noircis de notre romance.

La colère avait fait place à la tristesse, au sentiment de vide et de vulnérabilité. Mon corps semblait ankylosé, comme si quelque chose de très lourd m'empêchait de me mouvoir. Je sanglotais sans pouvoir me raisonner, comme on vomit sa bile. Je pris un long bain en plein après-midi en écoutant des morceaux mélancoliques, je me plongeai dans des films dramatiques qui pouvaient alors justifier mon état jusqu'au soir où je réussis à m'endormir malgré tout, saoulée de larmes et de vin rouge.

La deuxième étape du deuil m'avait laissée groggy comme un boxeur qui se réveille difficilement le lendemain d'un combat en cinq rounds, les yeux gonflés, la bouche encore pâteuse et les muscles endoloris, je m'allongeai dans mon canapé une fois mes enfants partis à l'école. Je pris nonchalamment mon carnet et je rajoutai « *Pas trop jeune* » à ma liste. En écrivant ces mots, un sentiment de honte m'envahit. J'appréhendais d'appeler une amie ou mon frère pour parler de mon chagrin qu'ils auraient forcément trouvé disproportionné et qui était, après tout, la juste rançon d'une histoire palpitante mais impossible.

Le troisième jour, malgré mon envie de rester au lit, je me forçai à aller marcher le long de la Seine et à admirer la majesté du Louvre, la lumière sur la pierre de taille et le scintillement de l'eau. Je croisai les sportifs qui arpentaient à grandes foulées les pavés des berges, le saule qui plongeait ses branches dans le fleuve ; le monde en mouvement. Je commandai une crêpe au sucre puis m'assis sur le bord des quais, les pieds ballants au-dessus de l'eau et les yeux rivés sur les bateaux qui passaient, laissant le vent frais caresser mon visage. Mais je ne parvins pas à me débarrasser de cette boule au ventre qui persistait. Alors pour me détendre, je réservai un soin du corps de deux heures. Allongée dans l'obscurité, je restai les yeux fermés en me focalisant sur la musique douce, sur les mains qui parcouraient mon corps d'une huile parfumée et apaisante. Pas sur ma peine, pas sur l'incertitude de l'avenir mais uniquement sur cet instant de plénitude.

Je savais que les trois premiers jours seraient difficiles, mais que, avec le temps, la boîte de Pandore se refermerait. Il ne s'agissait pas d'un divorce ni d'une rupture après des années de vie commune desquelles on ne se remet jamais vraiment, mais la chute émotionnelle n'en restait pas moins réelle. J'avais été consciente de la dissonance de nos âges, et pourtant je m'étais sentie en harmonie avec nos envies. Il était surtout ce que je ne serais plus jamais ; jeune et fougueuse.

Jules m'avait au moins confirmé une chose ; je ne pouvais certes pas contrôler les intentions des autres ni les aléas de la vie, mais je pouvais encore moins maîtriser l'amour d'un homme. Cette histoire devait se contenter de n'être qu'un coup de cœur, et donc par définition seulement une histoire éphémère. Pas plus. Et pas trop longtemps.

11

Qu'y avait-il d'inscrit sur le panneau d'affichage à l'aéroport en cas d'accident ? Était-il indiqué « incident », « en attente », « problème technique », « l'avion s'est cassé la figure » ou la ligne disparaissait-elle tout simplement, ni vue ni connue, laissant les familles hagardes, seules avec leur imagination ?

Je me souvins de ce vol que j'avais pris quelques années auparavant pour aller au Maroc et lors duquel un illuminé avait tenté d'ouvrir l'issue de secours en criant « *Allah Akbar* ». Il avait fini par être maîtrisé par quelques passagers courageux qui l'avaient traîné au fond de l'avion et attaché tant bien que mal. « Suite à un incident, nous allons devoir faire demi-tour vers Paris », avait annoncé le pilote très calmement, pensant peut-être que nous n'avions pas été témoins des hurlements de l'énergumène qui s'était accroché aux sièges et aux jambes des passagers en se tortillant sur le sol ! L'individu avait été appréhendé par la police, nous avions attendu deux heures en salle d'embarquement puis avions repris le même vol, comme si de rien n'était. Incident clos. Pas de suivi psychologique, pas de report, pas de petit verre de champagne pour se remettre de nos émotions. La routine. Sur l'affichage, il avait été indiqué « retard », peut-être parce que « kamikaze à bord » ne faisait pas partie des phrases préprogrammées. Probablement parce qu'il ne fallait pas affoler les gens. Alors que nous étions encore abasourdis par l'idée que notre destin avait failli basculer, la vie, elle, avait immédiatement repris son cours habituel. Elle nous avait juste rappelé que nous étions en sursis et que nous devions la chérir.

Étrangement, je me rendais compte à mes dépens qu'au moment où nos jours étaient le plus menacés, l'amour tendait à s'élever au-dessus des autres sentiments. Le décès de ma mère avait réveillé cet amour inné que je croyais enterré pour toujours et qui me libérait de notre passé houleux. De la même manière, la souffrance que Richard était sur le point de subir allait révéler une empathie inattendue qui me permettrait de guérir, de relativiser et de pardonner.

Un mois avant de m'envoler pour Montpellier, le prénom de Richard s'était affiché sur mon téléphone. Je sus immédiatement que c'était grave. Cela faisait des années que l'on ne s'appelait plus, on ne s'envoyait que des textos et nos conversations ne concernaient que les enfants. De la courtoisie mais aucune émotion. Je lui en avais voulu de m'avoir quittée, il m'avait maudite d'avoir obtenu la garde des enfants et de les avoir éloignés de lui. Il pouvait vivre sans moi mais je ne pouvais pas vivre sans eux. Plus qu'une décision de justice, c'était une question de survie.

– À quelle heure les garçons rentrent-ils des cours aujourd'hui ? m'avait-il demandé.

– 17 h 30 environ, pourquoi ?

– Je voudrais leur parler.

Il chuchotait presque, comme s'il n'était pas seul et n'osait pas élever la voix.

– Y a-t-il un problème ?

– Je viens d'être hospitalisé.

Sa voix était devenue hésitante.

– Hospitalisé ? Mais pourquoi ? Rien de grave ? m'inquiétai-je en posant ma cuillère en bois et baissant le feu.

– J'ai fait un malaise il y a quelques jours après une séance de sport. J'ai l'artère fémorale bouchée.

– Mon Dieu, mais comment est-ce possible ?

– Tu te souviens du dernier été que nous avons passé ensemble dans les Landes ? Mon pied gauche était devenu tout blanc et je n'avais pas réussi à marcher après la séance de surf.

– Oui, je m'en souviens mais je pensais que c'était à cause du froid.

– Ça a recommencé plusieurs fois ensuite. Je suis allé voir un angiologue qui m'a confirmé que mon artère était bouchée mais que, comme j'étais sportif, la circulation du sang exploiterait d'autres veines. Malheureusement, avec l'explosivité des sports que je pratique, mon oreillette s'est développée anormalement, mon cœur ne se vide pas complètement et provoque des caillots.

Richard transmettait de manière factuelle ce que les spécialistes lui avaient expliqué. En Irlande, il y a dix ans, il s'était étonné d'un rythme anormal du cœur et avait consulté un cardiologue qui n'avait pas été alarmiste. Mais cette visite de routine qui aurait dû donner lieu à un meilleur suivi à l'époque avait pris des proportions désastreuses quelques années après.

– On m'a transféré au CHU de Rennes pour me poser une fibrinolyse ; en gros, c'est une sorte de sonde qu'on me met dans l'artère et dans laquelle on injecte de la plasmine pour dissoudre les caillots.

– C'est douloureux ?

– Je ne pense pas. C'est moins invasif qu'une opération en tout cas, mais cela nécessite de ne pas bouger pendant vingt-quatre heures.

– Veux-tu que les enfants viennent te voir avant ?

– Oui, c'est pour ça que j'appelais. Penses-tu pouvoir les déposer à maman le week-end prochain ?

– D'accord, je vois avec elle. Je te tiens au courant. Bon courage alors !

Loin de se douter de la suite, les garçons étaient allés voir leur père à l'hôpital le week-end suivant. J'aurais aimé lui rendre visite aussi mais, n'étant plus son épouse, je n'avais pas été invitée à les accompagner. Puis les choses s'étaient emballées. La fibrinolyse n'avait pas marché, ils en avaient alors tenté une autre le lendemain. Mais elle n'avait pas fonctionné non plus, alors les médecins avaient été obligés d'opérer pendant sept longues heures pour procéder au pontage et enlever les caillots qui obstruaient son artère. Étrangement, ils avaient continué à proliférer. Les chirurgiens avaient réitéré la procédure pendant onze heures cette fois, ne comprenant pas pourquoi son corps avait résisté ainsi à leurs efforts. En deux semaines, Richard avait subi une quinzaine de prises de sang, cinq anesthésies générales, deux transfusions sanguines et trois arrêts cardiaques.

Je le visualisais allongé sur la table d'opération, si beau, si jeune et inerte, secoué de spasmes, les veines perforées, les artères découpées pulsant la vie hors de son corps. Cet acharnement thérapeutique trahissait quelque chose d'anormal. Je passais mes journées à attendre l'appel de sa mère qui vivait cette épreuve aux premières loges, transcendée par la force de son amour maternel et agonisant d'impuissance. En relayant les informations, c'est toute sa douleur qu'elle transmettait.

Les traits tirés, les trois chirurgiens regardaient Richard sur son lit d'hôpital, épuisés par deux jours de bagarre acharnée pour sauver sa jambe. Il était plongé à présent dans un coma artificiel et semblait presque paisible. Sa barbe était fournie et ses cheveux bien noirs. Autour de lui, régnait un silence ponctué de bips de machines qui le maintenaient en vie. Lorsque son organisme aurait retrouvé des forces, ils le sortiraient de son coma et lui annonceraient la nouvelle.

Les deux jambes avaient été ouvertes ; il avait fallu prélever des veines dans l'autre jambe pour le pontage. Elles étaient abîmées elles aussi et il était encore tôt pour écarter le risque qu'un caillot ne se soit invité dans ses poumons ou son cerveau pendant l'opération. Son rythme cardiaque n'était pas régulier et inquiétait les médecins.

Ils savaient que Richard ne pourrait pas garder sa jambe et que, s'ils essayaient encore, ils le perdraient. Il allait falloir le dire à la famille et annoncer à un homme sportif et sain, dès son réveil, qu'il ne pourrait plus jamais marcher sur ses deux jambes. Impuissant et écœuré, un des chirurgiens quitta la pièce. De toute sa carrière, il n'avait jamais vu de réaction allergique aux anticoagulants. À peine rentré de vacances, après avoir parcouru des centaines de kilomètres à vélo avec des amis, le chirurgien ne s'attendait pas à voir la vie d'un homme du même âge que lui chavirer de manière si brutale. Cela lui rappelait une fois de plus à quel point notre existence était fragile.

C'est avec beaucoup de résilience que Richard avait accepté d'être amputé de sa jambe et de ses rêves. C'est avec beaucoup de courage qu'il avait supporté la douleur de la chair qui pourrit et du membre fantôme qui brûle et lancine. C'est avec beaucoup d'humour et d'humilité qu'il avait accueilli ses fils à l'hôpital pour désamorcer la précarité de sa situation et camoufler sa souffrance. Cette fois-ci, j'avais osé évoquer le besoin de le voir mais caché l'envie de l'étreindre. Il était arrivé à la cafétéria avant nous, afin de ne pas nous imposer la vision d'un homme abîmé et de ne pas subir l'émotion dans nos regards. Il ne souhaitait pas notre pitié et réfutait la fatalité.

Je m'étais assise en face de lui. Il était beau et serein, même si les gouttes de sueur qui perlaient sur son front révélaient l'effort qu'il venait de fournir pour descendre de sa chambre d'hôpital en béquilles. La vue de sa jambe amputée et sa pâleur déclenchèrent une douleur aiguë dans mon ventre et une envie incontrôlable de le serrer fort dans mes bras. J'essayai malgré cela de maintenir un visage impassible qui ne dévoilerait pas ma tristesse, afin de lui apporter du réconfort et un semblant de normalité. Ses lèvres étaient anormalement blanches et les veines qui sillonnaient d'habitude ses bras musclés n'apparaissaient plus. Louis le regardait avec ses yeux rieurs, cherchant à le faire sourire et à confirmer le fait que son père était un homme optimiste et valeureux, même dans l'adversité.

Raphaël, quant à lui, cachait pudiquement ses émotions et se tortillait sur son siège en agitant ses grands membres dégingandés. Il avait tellement grandi depuis notre arrivée à Paris qu'il dépassait à présent son père. Il n'avait pas encore atteint son point culminant mais avait inexorablement déclenché l'inversion des courbes entre ses parents et l'adolescent qu'il était devenu. Richard observait ses fils comme s'il essayait de capturer ces moments précieux et espérait au fond de lui que son cœur lui laisserait le temps de les voir grandir davantage.

J'avais si souvent souhaité qu'il lui arrive malheur pour compenser la souffrance qu'il m'avait infligée, et pourtant, jamais je n'aurais imaginé endurer une telle peine face à son épreuve et à son courage. Je ne projetais plus mon amertume mais mon admiration, je ne ressentais plus de colère à son égard mais de la tendresse, je ne voyais plus l'homme qui m'avait désertée mais je reconnaissais l'homme que j'avais aimé. Le père de mes enfants, l'amour de ma vie que j'essayais en vain de remplacer. L'adversité avait le pouvoir d'adoucir toutes les aspérités du destin.

12

Je ne savais pas si c'était par habitude ou par optimisme, mais la plupart des passagers avaient gardé leurs masques chirurgicaux. Nous étions devenus dociles jusque dans la mort, comme le bétail qui continue à avancer vers l'abattoir malgré son instinct en alerte. J'avais baissé mon masque au début des perturbations afin de pouvoir respirer. C'était quelque chose que j'avais l'habitude de faire lorsque je marchais sur les quais à Paris, ou quand je dégustais un café au jardin du Luxembourg ; cela me donnait l'impression de m'accorder une trêve de normalité et un goût de transgression. Sur la courte liste des endroits où je dérogeais à la règle sanitaire, j'allais pouvoir rajouter « dans un avion qui menace de s'écraser ».

Depuis un an, nous étions privés de liberté à cause du Covid-19. J'avais fait faire une fausse attestation employeur par amour plus que par défi, et visiblement j'allais en payer le prix fort. On abattait peut-être les gens qui tentaient d'échapper aux restrictions sanitaires, comme au temps de la peste de 1720 à Marseille, où les gardes placés autour de la ville avaient eu l'ordre de tirer sur ceux qui fuyaient la cité phocéenne afin de ne pas répandre la contagion vers d'autres provinces. Il n'était pas inconcevable, au moment où je sentais que j'allais mourir sans en connaître la cause, d'échafauder quelques théories du complot.

Cela faisait plusieurs semaines que je cultivais l'idée d'une romance avec Alex, cet ami d'enfance qui semblait s'éloigner en tout point de la liste des mauvais choix que j'essayais de ne pas réitérer. Et plus le temps passait et plus la perspective de le rejoindre à Montpellier se transformait en vaine promesse.

Nous avions eu envie de nous voir afin de ne pas nous projeter inutilement. L'opportunité qu'offrait cette fenêtre de liberté entre deux confinements avait nourri davantage nos espérances. Je rêvais qu'il me montre ses endroits préférés et qu'il s'attarde avec moi sur la plage à rêver de projets futurs. J'avais eu envie de croire que notre rencontre n'avait pas été fortuite, qu'il serait l'addition de mes attentes et la soustraction de mes douleurs passées. Mais en imaginant son émoi, ne voyant pas le vol atterrir, je prenais conscience de cet avenir que nous n'aurions finalement pas à écrire. J'avais voulu le revoir pour m'assurer qu'il ne faille pas rallonger ma liste à l'infini. Enfin, je voulais croire que la vieille dame m'avait effectivement guidée avec son principe de liste et qu'elle ne m'avait pas juste piqué mon magazine.

Les cris se faisaient de plus en plus stridents, quelques sacs tombèrent des compartiments, des passagers se blottirent les uns contre les autres. Peut-être ne se connaissaient-ils même pas. Me voyant trembler, la dame blonde assise à côté de moi saisit ma main. Elle me regarda avec des yeux émus et je plaçai ma main au-dessus de la sienne, comme si nous essayions de nous ancrer au beau milieu du marasme qui nous entourait. J'imaginai alors que c'était ma mère, plus jeune, forte et pleine de tendresse qui me rassurait tant bien que mal dans l'idée que je ne mourrais pas tout à fait seule.

Elle me renvoyait à tous les soutiens et preuves d'affection que j'avais reçus de la part des personnes qui m'avaient entourée ; les amis qui m'avaient accompagnée lors du naufrage de mon mariage, les collègues qui avaient organisé une surprise au collège après le décès de ma mère, les élèves qui m'avaient appris la patience, mes fils qui m'abreuvaient de leur amour tous les jours, mes frères et mon père qui resteraient à jamais les hommes de ma vie.

L'amour est un vaste pays constitué d'une myriade de petites îles qui embellissent notre quotidien ; le chauffeur de taxi qui chante des chansons d'amour, le fleuriste qui me tend une rose en passant, le restaurateur qui m'offre un café avant l'ouverture, le sourire d'une enfant qui colle sa main sur la vitre, toutes ces petites choses qui nous donnent le sourire et nous rendent terriblement humains. De la même façon que mon mariage s'est morcelé jusqu'à la rupture, ce sont les détails anodins qui, mis bout à bout, forment le tableau unique de notre existence.

Un jour, alors que j'étais revenue dans ma maison de campagne pour le week-end, j'avais remarqué que mon petit salon de jardin en fer forgé rouillé avait été repeint. J'avais su immédiatement que c'était l'œuvre de Jeanne qui, même si la vie ne l'avait pas épargnée, prenait toujours le temps de penser aux autres. Elle m'apportait des paniers garnis faits maison qu'elle avait mis des heures à confectionner, elle s'assurait que mon jardin soit maîtrisé quand je n'en avais plus la force, elle donnait un second souffle à de vieux fauteuils pour qu'ils embellissent mon intérieur. Comme une caresse divine, Jeanne veillait sur moi et nourrissait notre amitié au fil du temps. J'aurais tout fait pour elle, jusqu'à prendre la maladie de sa fille pour soulager son cœur de mère. J'en vins à me demander si l'amour n'était pas tout simplement cette douceur qui nous envahissait lors de petites attentions, soulageait le poids de nos douleurs et nous donnait l'envie de vivre, d'avancer malgré tout. L'amour ne se mesurait pas au nombre d'orgasmes, de cadeaux et de rêves souvent inaboutis, mais par des mains tendues, des mots justes, des attentions spontanées, par le don de soi qui n'attend aucun retour.

Pendant plus de quarante ans, mon frère Paul avait partagé mes joies et mes peines, mes victoires et mes échecs. Il était le filet de secours, témoin de chacun de mes pas, qui me protégerait en cas de chute. Parmi les hommes que j'avais rencontrés, il était celui qui m'avait le plus aimée. Je réalisais à présent que cet amour pur était plus fort que l'amour fou d'un homme qui me faisait perdre pied.

L'émotion intense que j'avais ressentie pour Richard lors de son hospitalisation me montrait que chaque tranche de vie importante faisait partie intégrante de notre être et que, sans elle, nous serions amputés de notre passé. Il avait été le témoin d'un grand chapitre et le reflet de la femme que j'étais. J'imaginais à nouveau sa pâleur et son corps mutilé. Les médecins s'étaient battus contre le poison qui avait obstrué ses veines de caillots de sang au lieu de le fluidifier. Ils s'étaient acharnés pour déjouer l'injustice des circonstances. En vain. De la même manière, l'amour ne devait pas être une bagarre contre l'inévitable, il devait naître dans le cœur pour couler paisiblement dans les veines, sans pontage ni caillots. Je continuerais à exister pour nos fils, même si l'image de nous quatre en serait à jamais altérée. Je veillerais sur eux comme une étoile au firmament et ils y projetteraient ma mémoire et nos souvenirs. Même si j'avais souvent douté de l'amour de ma mère, elle avait toujours été présente, même au-delà de sa mort. Je l'avais sentie dans tous les moments charnières qui avaient jalonné ces dernières années et c'était elle que j'appelais quand la mort me semblait si proche. L'amour d'une mère, qu'il ait été maladroit ou oppressant, transcendait tout et nous armait pour l'avenir.

Mes yeux étaient secs à présent. Je repensai alors à cette magnifique scène dans le film *The Father* de Florian Zeller, dans laquelle

Anthony Hopkins se compare avec beaucoup d'émotion à un arbre qui perd ses feuilles, ses branches et dont les racines ne l'ancrent plus dans le sol. Il avait tout oublié au point de se demander qui il était. Je n'avais déjà plus la sensation d'être terrienne, suspendue dans le ciel comme une plume soufflée par à-coups au gré du vent. J'avais balayé l'éventail de mes souvenirs les plus récents et projeté les possibilités qui m'échapperaient pour toujours. Ma mémoire avait fini par se replier sur elle-même. Elle était réduite à un point, le petit trou noir de l'instant présent qui était devenu insaisissable. L'émotion, elle, était devenue inquantifiable.

J'acceptais la fin qui m'était destinée avec toute la bravoure qu'il m'était possible d'avoir à ce stade. Je fermai les yeux peut-être pour la dernière fois, comme ma mère l'avait fait afin de ne plus nous voir et de partir sans regret. J'avais réussi moi aussi à atteindre la phase de sérénité malgré le chaos. Je ne pensais plus à rien, seulement aux doux visages de mes fils, et je souris à l'idée que, si par miracle je ne mourais pas aujourd'hui, alors je vivrais.

Pour en savoir plus
sur les Éditions Plon
(catalogue, auteurs, vidéos, actualités...),
vous pouvez consulter
www.plon.fr
www.lisez.com

et nous suivre sur les réseaux sociaux

Editions Plon
@EditionsPlon
@editionsplon

Pour plus d'information :

www.lisez.com
Imprimé sur du papier issu de forêts gérées durablement.

CET OUVRAGE A ÉTÉ ACHEVÉ D'IMPRIMER SUR ROTO-PAGE
PAR L'IMPRIMERIE FLOCH À MAYENNE EN AVRIL 2023

N° d'impression : 102312
Imprimé en France